# Ein wenig ICH oder mein Leben – ein Kampf

Gabriele Benter

# Ein wenig ICH
## oder
# mein Leben – ein Kampf

**Bibliografische Information der Deutschen Nationalbibliothek**
Die Deutsche Nationalbibliothek verzeichnet diese Publikation
in der Deutschen Nationalbibliografie; detaillierte bibliografische
Daten sind im Internet über http://dnb.d-nb.de abrufbar.


© 2008 Gabriele Benter
Satz, Umschlaggestaltung, Herstellung und Verlag:
Books on Demand GmbH, Norderstedt

ISBN 978-3-8370-4837-7

Diese Geschichte beschreibt das Leben einer alleinerziehenden Mutter eines Sohnes, ihrer Eltern und ihres am Downsyndrom erkrankten Bruders.

Ein Kind wird geboren, aber es ist anders. Der kleine Junge will seine zu dieser Zeit sehr teure Nahrung nicht bei sich behalten. Immer wieder bricht er alles aus. Dieses kleine unschuldige Sorgenkind wurde 1958 geboren. Keiner wusste, was mit ihm nicht stimmte.

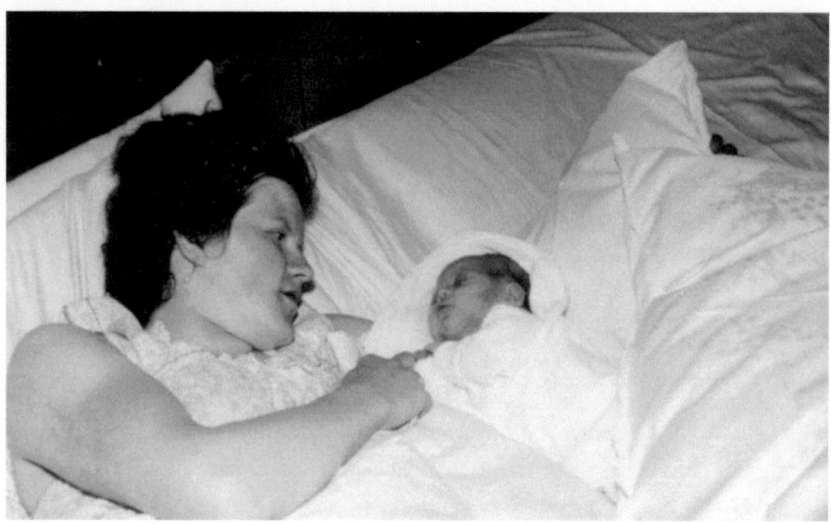

Mein Vater war Bergmann, der sehr hart für den Unterhalt seiner jungen kleinen Familie hatte arbeiten müssen.

Immer wieder stand der Gerichtsvollzieher vor der Tür. Mutti weinte, Paps wusste nicht mehr weiter, der Stuhl wurde vor die Tür gestellt und wieder zurück. Von irgendwoher kam eines Tages wie aus heiterem Himmel eine Postanweisung – jemand hatte meinen Eltern Geld geschickt! Sie konnten es kaum glauben und waren überglücklich!

Die Ärzte zeigten sich ratlos und schickten meine Eltern mit dem Kind in große Kliniken, zum Beispiel nach Hannover und noch weiter weg. Bis sie schließlich die Wahrheit erfuhren:

„Kein Arzt kann Ihrem Kind helfen! Niemand auf dieser großen weiten Welt wird Ihrem Kind helfen können!"

Von nun an wussten sie, dass sie ein mongoloides Kind bekommen hatten. Es litt an Morbus Down, auch Trisomie 21 genannt.

Ein englischer Arzt namens John Langdon-Down (1828 – 1996) war der erste Mediziner, der im Jahre 1866 die charakteristischen Merkmale der Erkrankung zusammenfasste: ein rundes Gesicht mit flachem Profil, leicht schräge, aufwärtsgerichtete Augen, eine zu große Zunge, ein schmaler hoher Gaumen, breite Hände mit kurzen Fingern und meistens einen angeborenen Herzfehler.

Da 1958 die Forschung noch nicht so weit fortgeschritten war, gab es auch keine Fruchtwasseruntersuchung, bei der man frühzeitig hätte feststellen können, dass das Kind unter dem Herzen meiner Mutter krank zur Welt kommen würde.

Die genetische Ursache des Downsyndroms wurde erst ein Jahr später entdeckt. Der Franzose Jérôme Lejeune fand heraus, dass Kinder mit dem Downsyndrom in jeder Zelle 47 statt der üblichen 46 Chromosomen haben. Das Chromosom 21 ist drei- statt zweifach vorhanden, daher der Name Trisomie 21.

Somit stand von diesem Zeitpunkt an fest, dass Uwe immer geistig behindert sein, nie wie ein normales Kind aufwachsen, nie eine eigene Familie gründen, nie eigene Kinder in die Welt setzen, nie eine normale Schule besuchen, ja immer etwas „anders" sein würde!

Obwohl es eine schlimme, sorgenvolle Zeit war, wurde ich anderthalb Jahre später als gesunde Tochter meiner geliebten Eltern geboren. Na ja, wie man mir später erzählte, waren meine Eltern gerade wieder in Erzhausen und hatten gestritten. Und wie es dann manchmal so ist, wurde ich das Versöhnungsgeschenk. Ja, ich bin im Harz an der Leine entstanden!

Meine Mutter rannte vor meiner Geburt mit Wehen um den Küchentisch, weil sie panische Angst hatte, wieder ein behindertes Kind zur Welt zu bringen!

Im Nachhinein frage ich mich immer wieder: Warum wurde ich gesund geboren? Warum war mein Bruder schon bei seiner Geburt krank?

Ich kam nach ihm! Warum ist das so?

Nein, bitte nicht, ich bin froh, gesund auf dieser Welt zu sein!! Aber warum wurde mein Bruder krank geboren?

Mein Vater kam nach dem Notruf der Hebamme von der Arbeit. Er besaß damals ein Motorrad und drohte der Hebamme, falls sie nicht sofort mit seiner hochschwangeren Frau in die Klinik fahren würde, hätte er keine Probleme, diese mit dem Motorrad in die Klinik zu bringen! Die Hebamme reagierte sofort, brachte meine Mutter mit dem Auto in die Klinik, in der ich am 5. April 1960 das Licht der Welt erblickte.

Im Grunde kann ich nur aus der Sicht meiner Eltern berichten. Sie sagten, dass ich pflegeleicht und immer lieb gewesen sei. Ja, vielleicht habe ich damals schon gespürt, dass andere Sachen wichtiger sind.

Wir wohnten zu dieser Zeit in Herne. Die erste Wohnung war das väterliche Zuhause meiner Großeltern. Meine Oma hatte meinem Vater und seiner zukünftigen, zu der Zeit schon schwangeren Frau das Heim ermöglicht, da sie ihren Mann sowieso schon immer berufsmäßig in die Ferne auf Montage begleitet hatte.

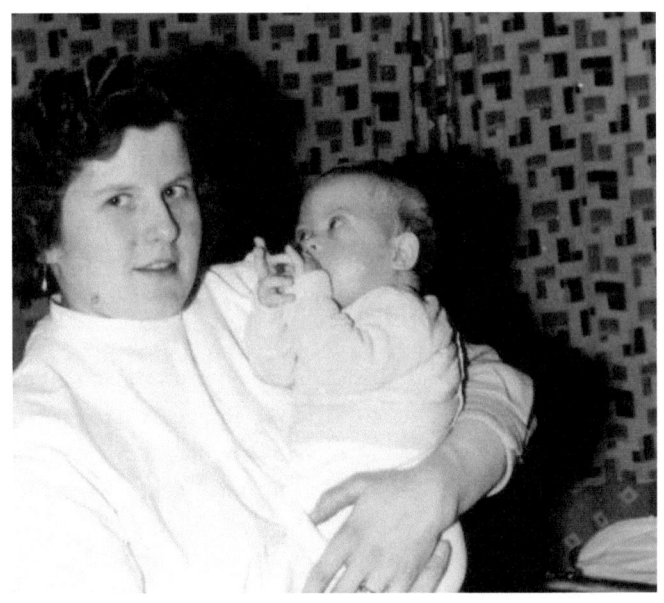

Meine Eltern hatten noch vor der Geburt meines Bruders am 1. Juli 1958 geheiratet und sind dann in eine eigene Wohnung in der Nachbarschaft meiner
Großeltern gezogen.

Uwe erlernte erst mit etwa zwei Jahren richtig das Laufen. Überhaupt lag er in vielen Sachen sehr weit zurück.

Ich wuchs vorwiegend bei meinen Großeltern mütterlicherseits in Essen auf, wo sich meine Tante Edelgard sehr viel mit mir beschäftigte. Sie ging mit mir spazieren, ich fuhr Dreirad oder spielte Fotomodell, da sie damals sehr viele schöne Fotos von mir machte. Ich war ein glückliches Kind.

Meine liebe Gabi!

An dieser Stelle möchte ich Dir dieses Album
übergeben, welches ich mit Liebe für Dich
zusammengestellt habe. Es soll Dir die
schöne Zeit in Erinnerung rufen, die Du
bei Oma und Opa in Essen verbracht
hast.
Für Deinen weiteren Lebensweg wünsche
ich Dir, auch im Namen von Oma und
Opa, alles Liebe und Gute und ich hoffe,
daß Du bzw. Deine lieben Eltern nicht
versäumen werden, in diesem Buch
Deine weiteren Lebenserinnerungen fest-
zuhalten.

Deine Tante Edelgard

Weihnachten 1966

Bald bekam mein Vater die Gelegenheit, bei einem großen Autohersteller im
Ruhrgebiet zu arbeiten. So bezogen wir eine Zechenwohnung im Stadtteil
Buer-Scholven in Gelsenkirchen, direkt an einem großen Chemiewerk. Es roch
immer nach „faulen Eiern". Ich schlief auf einer Couch in der Küche, weil es in

dieser Wohnung kein Kinderzimmer gab. Über diesem Bett hing ein kleines Regal, auf dem ich meine wenigen Habseligkeiten aufbewahrte. Am Küchentisch machte ich meine Schularbeiten.

Meine Mutter ging dann später ebenfalls in dieser Autofabrik arbeiten, sodass ich mehr oder weniger als Schlüsselkind aufwuchs. Ich musste schon früh lernen, eigenständig und verantwortungsbewusst zu sein, obwohl ich während der Schichtarbeit meiner Eltern auch von meiner Ziehmutter, meiner Tante Emmi, die direkt neben uns auf dem Flur wohnte, beaufsichtigt wurde. Bei ihr wuchsen ihre zwei Enkelsöhne Reinhard und Egon auf, mit denen ich immer Rollschuh fuhr, im nahe liegenden Bunker die Ratten jagte und Fußball spielte.

In Gelsenkirchen fühlte ich mich wohl, konnte sehr viel draußen spielen, hatte meine Freundinnen aus der Grund- und Realschule.

Sehr oft fuhren wir in den Harz zu meinen Patenonkeln Richard und Günther. Am wohlsten fühlte ich mich immer bei Onkel Günther und Tante Anni. Onkel Günther verstarb später an Krebs und Onkel Richard bekam wohl beim Angeln an der Leine einen Herzanfall, stürzte ins Wasser und ertrank.

Uwe lebte bei meiner Oma in Herne. Er ging zwischenzeitlich in eine Behindertenschule, in der man ihm das Essen mit Messer und Gabel beibrachte und wo man versuchte, ihm alle Namen und Bedeutungen der Gegenstände des täglichen Lebens näherzubringen.

Ab und zu kam er für ein Wochenende zu uns. Vielleicht war ich gerade acht oder neun Jahre alt, als meine Eltern an einem Samstagabend zum Kegeln gingen. Da ich schon immer gut mit Uwe auskam und ihn auch zu leiten wusste, schien das kein Problem für mich zu sein, auf ihn aufzupassen. Wir schauten Fernsehen.

Es geschah, als ich nur kurz zur Toilette musste. Ich sagte ihm, dass er lieb sitzen bleiben soll. Bei meiner Rückkehr stand die Tischdecke auf dem Wohnzimmertisch in Flammen. Der Tisch hatte seinerzeit noch eine Korkbeschichtung unterhalb der Tischplatte. Alles brannte. Er hatte doch nur versucht herauszufinden, wie ein Feuerzeug funktioniert. Mit bloßen Händen schlug

ich die Flammen aus. Alles tat mir weh. Ich konnte gar nicht mit ihm schimpfen, sondern hatte nur Angst, dass meine Eltern mich dafür verantwortlich
machen würden, obwohl sie ja das Feuerzeug hatten liegen lassen.

Aber das taten sie nicht. Sie fanden mich, wie ich in ihrem Ehebett lag und
zitterte. Nachdem ich alles erklärt hatte, nahmen sie mich in die Arme, säu-
berten und versorgten meine Brandwunden und waren mir sehr dankbar dafür, dass nicht mehr passiert war. Denn die ganze Wohnung hätte abbrennen
können.

Ein anderes Mal waren meine Eltern zur Mittagschicht. Nach meinen Hausaufgaben für die Schule ging ich mit meinen Rollschuhen und dem Schlüssel,
den ich stets um den Hals mitführte, nach draußen zu meinen Freundinnen.
Rollschuh fahren war mein Leben, meine große Leidenschaft! Die Narben an
meinen Knien zeugen heute noch davon. Beim Anschnallen der Rollschuhe

vergaß ich, den Schlüssel mitzunehmen. Ein Nachbar nahm ihn an sich und berichtete dies meiner Mutter. Nein, ich bekam keine Schläge, aber das, was sie mir verbal an den Kopf schmiss, war für mich sehr niederschmetternd. Dabei wollte ich doch immer nur, dass meine Eltern auf mich stolz sein konnten.

Die Jahre gingen dahin. Mit elf Jahren musste ich mich von allen meinen Freundinnen und denjenigen, die ich lieb gewonnen hatte, verabschieden. 1971 zogen wir nämlich in eine andere Stadt um, genauer gesagt ganz nach oben in das vierte Stockwerk, auch dritte Etage genannt, eines 12-Familien-Hauses. Es war ein Neubau. Die Wohnung verfügte noch über keine Fenster und die Haus- und Wohnungstür fehlte auch noch. Eben ein Rohbau.

Da meine Eltern sich entschlossen hatten, schon ein paar Möbel mitzunehmen, wenn wir uns unser neues Heim anschauten, blieb ich über Nacht allein dort und bewachte alles! Allein, elf Jahre alt und nur mit einer Matratze, einer Decke, einem Kissen und meinem Plattenspieler bewaffnet. Es waren Schulferien! Ich hatte irgendwie Spaß daran und wollte mutig sein! In den folgenden Tagen wurden dann die Fenster und Türen eingebaut, sodass ich nicht mehr dableiben musste. Wir konnten abschließen.

Der Weg meiner Eltern zur Arbeit war nun kürzer. Da es in dieser Wohnung ein Kinderzimmer gab, kam auch Uwe zu uns. Wir hatten Etagenbetten. Ich blieb immer seine große Schwester, obwohl ich anderthalb Jahre jünger war.

Ich wechselte auf die Hauptschule, fühlte mich sehr allein und einsam. Daher hielt ich mich mehr oder weniger nur zu Hause auf, wurde zum Bücherwurm und lernte viel für die Schule.

Uwe wurde in einer Tagesstätte für Behinderte mit angrenzender Werkstatt angemeldet.

Wenn wir zwei nachmittags zuhause allein waren, spielte ich mit ihm „Mensch ärgere dich nicht" oder wir setzten uns auf den Boden, wo ich versuchte, ihm das Schreiben beizubringen. Jeder Erfolg machte mich stolz, denn ich wollte, dass er auch etwas lernte. Und immer wieder lief er dann zu seiner Mutti und zeigte, was er geschafft hatte. Einzelne Wörter, Buchstaben und Zahlen konnte er bald sowohl eigenständig schreiben als auch benennen.

Wenn ich mein Fahrrad an der Kellertreppe putzte, war er stets dabei. Kamen Kinder dazu und titulierten ihn als Blödmann oder sagten: „Der ist doch doof!", habe ich ihn vehement verteidigt. Er war mein Bruder und ich beschützte ihn.

1974 wurde ich mit meinem Bruder zusammen konfirmiert. Da ich vorher zum Konfirmandenunterricht musste und Uwe nicht, wollte ich sogar auch für ihn die Prüfung ablegen. Aber das brauchte ich dann doch nicht.

Uwe half beim Geschirrspülen in der Küche, indem er meistens abtrocknete, brachte den Müll runter, wischte Staub und ging mit dem Staubsauger durch die Wohnung. Er meinte dann immer: „Uwe kann alles!"

Seine Lieblingsbeschäftigungen bestanden aber darin, Zahlen und Großbuchstaben in ein Heft zu schreiben, fernzusehen und zu essen.

So pendelte sich das Leben in unserer neuen Wohnung ein. Meine Eltern gingen auch weiterhin beide arbeiten, Uwe in die Tagesstätte und ich meinen schulischen Weg. Mittlerweile hatte ich neue Freundinnen, die auch Uwe akzeptierten.

Eines Tages kam ich von der Schule. Mein Vater fing gleich an, mit mir zu schimpfen. Den Grund kannte ich nicht. Wie sich bald herausstellte, ging es um die Telefonrechnung, die diesen Monat sehr hoch ausgefallen war. Er meinte, ich würde zu viel mit meiner Freundin Monika telefonieren. Das stimmte jedoch nicht! Ich verteidigte mich, dennoch kam ich nicht gegen ihn an. Bis sich kurz darauf herausstellte, dass mein Bruder, als er einmal allein war, irgendwo in einem fremden Land oder so angerufen hatte. Er muss wahllos auf die Tasten gedrückt haben, sodass irgendeine weit entfernte ausländische Verbindung zu Stande gekommen war. Und da er ja telefonieren wollte, redete er, auch wenn ihn keiner verstand und umgekehrt.

Ein anderes Mal kam eine gute Bekannte zum Haareschneiden. Meine Mutter sagte ihr, dass sie mir die Haare wie besprochen schneiden sollte. Da ich immer schulterlange Haare hatte und nur – nach vorheriger Absprache mit meiner Mutter – die Spitzen geschnitten werden sollten, vertraute ich auch diesmal darauf. Als sie fertig war, hatte ich plötzlich einen Kurzhaarschnitt! Ich weinte und wusste nicht, wie ich meinen Mitschülern am nächsten Tag entgegentreten sollte.

Meine Mutter aber meinte nur: „Wenn du etwas auszusetzen hast, dann beschwer dich bei deinem Vater!"

Das wiederum war aber unmöglich, da er zu dieser Zeit mit Lernen für seine Arbeitsstelle zu tun hatte. Er hatte Früh- und Mittagschicht und musste danach immer noch Teilenummern einstudieren, weil wieder ein neues Auto produziert werden sollte und er in der Firma als Reklamator tätig war. Das heißt, er war dafür verantwortlich, bei Verlangen der verschiedenen Abteilungen die Fließbänder mit den jeweiligen Ersatzteilen zu versorgen, damit die Produktion reibungslos und ohne Unterbrechungen erfolgen konnte. Sollte ich ihn da noch mehr belasten? Er schien ohnehin schon dadurch so angespannt gewesen zu sein, dass er manches Mal vor Verzweiflung weinte.

Dann fehlte zwischendurch meinen Eltern Geld im Portemonnaie. Abermals wurde ich zur Rede gestellt. Ich schwor auf alles, was mir lieb war, dass ich das niemals tun würde. Am nächsten Tag kam ein Anruf aus der Werkstatt. Uwe würde immer wieder Geldscheine mitbringen und sie verschenken. Mit „Du bist mein Freund" wollte er sich unbewusst Freunde kaufen, und so manch ein anderer Behinderter wusste schon etwas mit diesen Scheinen anzufangen. Zu Geld hatte Uwe noch nie ein Verhältnis. Es war für ihn ein Stück Papier, was man bemalen konnte.

Nie hatte ich Wut auf meinen Bruder, fühlte mich aber irgendwie vernachlässigt, obwohl ich die Krankheit meines Bruders doch kannte.

Da wir schon immer viel Musik in unserer Familie gehört und uns auch viele Musiksendungen am Wochenende angesehen haben, wusste Uwe bald jeden Interpreten. Hörte er im Radio das Lied, sagte er den Interpreten sofort. War er sich unsicher, fragte er, ob es dieser Sänger sei. So verhielt es sich auch auf längeren Fahrten im Auto. Immer wieder fragte er oder sang die Lieder mit, soweit er konnte.

„Uwe kann das!" oder „Uwe weiß das!" argumentierte er ständig. Hinterher freute er sich mit aneinandergeriebenen Händen und war glücklich. Er strebte immer wieder nach Bestätigung, dann war seine Welt in Ordnung.

Ein Lob, wie „Uwe, das hast du gut gemacht!", bedeutete für ihn das Größte. Danach nahm er uns in die Arme und wir bekamen ein Küsschen auf die Wange.

Von 1976 bis 1977 besuchte ich die Handelsschule und schloss diese mit der damals benannten „mittleren Reife" ab. Es folgte eine Lehre zur „Bürogehilfin". Mein damaliger Arbeitgeber wollte mich aber aufgrund der vorher absolvierten Handelsschule nicht zur Berufsschule schicken, sondern bestand darauf, dass meine Lehrzeit lediglich ein Jahr dauern und ich voll bei ihm arbeiten sollte. Somit musste ich als Lehrling bis spät abends bleiben, die Post noch eintüten, abwiegen, frankieren und noch von dort zur Hauptpost bringen. Da der Fußweg ungefähr eine halbe Stunde dauerte, kam ich oft erst um 20 Uhr zuhause an.

In dieser Zeit entwickelte ich einen nervösen Magen und somit schlimme Magenkrämpfe. Außerdem quälten mich plötzlich Herzrhythmusstörungen, wogegen ich dann im Alter von siebzehn Jahren bereits Beta-Blocker einnehmen musste. Das war aber noch nicht alles. Ich bezahlte von meinem Lehrlingsgeld auch Unterhalt zuhause, und wenn ich spät abends kaputt und von Magenkrämpfen geplagt nachhause kam, erwartete meine Mutter mich schon mit der Mangelwäsche. Ich konnte kaum noch stehen, und sie zwang mich, ihr zu helfen.

Für Uwe wurde sogar noch Kuchen in der Woche gebacken, obwohl ich meiner Mutter immer gesagt hatte, dass er in der Werkstatt auch noch Kaffee und Kuchen bekommen würde! Ich hatte doch in meiner Schulzeit in dieser Behindertenwerkstatt mein Praktikum gemacht. Ich kannte den Tagesablauf bis zur Busfahrt zurück nachhause! Sie glaubte mir nicht! Selbst mein hilfloses Weinen interessierte sie nicht. Ich sei ja nur zu faul!, meinte sie.

Ein Zwischenfall weckte meine Mutter wohl auf! Als ich als Letzte – wohlgemerkt als Auszubildende – in der Firma war, rief mein Chef nach mir, dass ein dringender Brief noch heute rausmüsse! Ja, ich eilte nach hinten, um diesen Brief zu holen. Als ich den langen Flur wieder zurückrannte, wusste ich jedoch nicht, dass die Putzfrau schon alles gebohnert hatte. Ich rutschte aus, fiel auf meinen Kopf und zog mir eine Platzwunde unter der rechten Augenbraue sowie eine aufgeplatzte obere Lippe zu. Dabei landete ich vor dem Zimmer des obersten Chefs. Er öffnete die Tür und sah nur noch Blut. Sofort wurde der Notarzt gerufen. Ich musste genäht werden und kam so lädiert nachhause!

Da dachte ich zum ersten Mal, meine Mutter hätte Mitleid mit mir! Aber weit gefehlt! Ihre Frage, wann ich denn wieder arbeiten gehen würde, tat mir weh! Es mussten noch die Fäden gezogen werden. Ich war verunstaltet, alles war blau und grün! Konnte sie mich nicht einmal in den Arm nehmen?

Hätte ich vielleicht die Liebe und das Verständnis gehabt, was mein Sohn heute von mir genießt, wäre ich vielleicht stärker gewesen!

Aber alle Kraft und Energie meiner Eltern ging in Richtung Uwe!

1979 beendete ich meine Ausbildung ohne Abschluss, weil ich bei der Prüfung vor der Industrie- und Handelskammer vor lauter Nervosität im Fach Maschinenschreiben versagte, und fing – ohne nur einen Tag arbeitslos zu sein – in einem großen Stahl erzeugenden Werk in Bochum an, wo ich noch im selben

Jahr meine Freundin Brigitte kennen lernte, eine Freundschaft übrigens, die bis zum heutigen Tage anhält.

Ich machte den Führerschein, übernahm den Wagen meiner Mutter, zahlte die Restschulden monatlich ab, da sie mittlerweile nicht mehr arbeitete, und zog in eine eigene kleine Dachgeschosswohnung. Diese hatte schräge ausgetäfelte Wände, ein kleines Bad und eine noch winzigere Küche, aber wenigstens handelte es sich um mein eigenes Reich, das ich nach meinem Geschmack gestaltete. Eine gebrauchte weiße Couch, ein einfaches Holzregal im Wohnzimmer, ein Schlafzimmer aus zweiter Hand. Ich fühlte mich wohl dort und war mit allem zufrieden. Nach und nach kamen neue Möbel dazu, wenn ich genug Geld gespart hatte. Und es machte mich ungeheuer stolz, es auch ohne Kredit oder fremde Hilfe geschafft zu haben.

Das Verhältnis zu meinen Eltern verbesserte sich mit meinem Auszug umgehend.

Meine Eltern fuhren mit Uwe einmal an die See. Sie kauften ihm ein Fahrrad mit großen Stürzrädern. Da Uwes Gleichgewichtssinn nicht so funktionierte wie bei einem gesunden Menschen, fiel die erste Fahrradtour auch gleich wortwörtlich ins Wasser. Nein, schlimmer! Er landete in einem Graben neben der Straße. Dort gab es aber kein kleines Bächlein, nein, dieser Graben bestand aus moorigem stinkendem Schlamm. Genau so sah mein Bruder dann auch aus! Also mussten sie das Fahrrad wieder abgeben, da Radtouren mit meinem Bruder nicht gelangen.

Außerdem fuhren sie nach Kipfenberg in Bayern. Obwohl ich zu der Zeit auch freihatte, wollte oder konnte ich aus finanzieller Hinsicht nicht mitfahren. Obendrein hegten mein Vater und ich ein Geheimnis. Er meinte, meine Mutter sollte nicht mehr arbeiten gehen. Davon könne er sie aber nur überzeugen, wenn unser Plan aufging. Ich sollte am Anfang meines dreiwöchigen Urlaubs zu einem Züchter nach Lüdinghausen fahren und meiner Mutter einen kleinen Langhaardackel kaufen. Als ich dort ankam und mir ein Wurf von vier kleinen Hunden gezeigt wurde, konnte ich mich zuerst nicht entscheiden. Drei dieser niedlichen Tierchen sprangen mir sofort am Gitter entgegen, während das vierte auf seinem kleinen Popo saß und mich nur ganz lieb und treu anschaute.

Nachdem feststand, dass es ein Rüde war – so einen wollten wir nämlich –, nahm ich diesen kleinen süßen Welpen mit.

Damit war aber mein Auftrag noch nicht erfüllt. Ich musste jetzt noch versuchen, dieses Wollknäuel, das ich in meiner Hand sitzend transportieren konnte, in meinem Resturlaub stubenrein zu bekommen. Jede Stunde ging ich mit unserem „Micki" Gassi. Doch da draußen machte er gar nichts. Kamen wir dann wieder oben in meiner Wohnung an, wurde erst einmal der Teppich „markiert". Kurz vor Urlaubsende packte ich ihn in mein Auto und fuhr meinen Eltern hinterher, um meiner Mutter ihr Geschenk zu überreichen. Sie war fasziniert von dem süßen Kleinen und freute sich überschwänglich.

Uwe hatte jetzt einen besten Freund, das war unser Dackel „Micki". Er ging mit ihm spazieren, schmuste mit ihm, und wenn er sich unterhielt, dann mit ihm.

Nach meinem Auszug aus der elterlichen Wohnung besaß Uwe nun sein eigenes Zimmer. Er bekam neue eigene Möbel, wovon ich nur geträumt hätte, versteckte Papierschnipsel unter den Teppichen. Zudem begann er, seine Schmutzwäsche in Schränken und Schubladen zu verstecken, sodass irgendwann das Zimmer nur noch stank. Er freute sich jedes Mal, wenn seine „große" Schwester ihn besuchen kam. Und immer wieder wurde ich von meinen Eltern gebeten, doch mal bei ihm im Zimmer nach dem Rechten zu schauen. Dabei entdeckte ich dann seine Eigenarten!

1984 heiratete ich und zog mit meinem Mann in eine größere Wohnung, die aber immer noch in der Nähe meiner Eltern und meines Bruders lag.

Ob diese Heirat wohl eine Flucht war, habe ich mich ein ums andere Mal gefragt.

Wir schafften uns ebenfalls einen kleinen Hund an – ein Yorkshireterrier. Bevor mein Mann etwas zu essen erhielt, wenn ich von der Arbeit kam, wurde grundsätzlich erst unsere kleine „Nanny" versorgt, da sie mir grundsätzlich sofort immer am Bein hochsprang und bettelte.

Eines Tages äußerte mein Mann den Wunsch nach einem Kind. Doch den konnte und wollte ich ihm und auch mir nicht erfüllen, da ich mit sehr viel Realitätssinn und Voraussicht erzogen worden war. Ich fragte ihn, wie das gehen solle, wenn er noch nicht einmal die ihm zugesagten Schichten bei der Arbeit erledigen könne. Ich arbeitete damals in der Früh- und Mittagschicht in einer Verkaufsstelle innerhalb der Firma. Da ich keine abgeschlossene Lehre aufweisen konnte und meine Eltern zu dieser Zeit meinten, ich müsse endlich richtiges Geld verdienen, hatte ich dort angefangen. Aber im Gegensatz zu meinem Mann bereitete mir die Arbeit keine Probleme. Während ich also auch am Wochenende stets arbeitete, hatte er morgens plötzlich keine Lust, obwohl er in seiner Leiharbeitsfirma den Sonderschichten zugesagt hatte. Wie oft musste ich ihn überreden und ihn dort hinfahren, da er selbst keinen Führerschein, geschweige denn ein Auto besaß. Später stellte sich quasi als Krönung heraus, dass er ein uneheliches Kind und Steuerschulden wegen der Schwarzarbeit hatte. Das alles erfuhr ich aber erst nach der Heirat. Alimente, Schulden, Rauchen, Trinken – und alles auf meine Kosten!

Zu diesem Zeitpunkt verdiente ich durch Überstunden und Zusatzschichten unseren Lebensunterhalt. Weil ich dadurch weniger zuhause sein konnte, wurde ich seitens meiner Mutter als Fremdgeherin abgestempelt. Kann das jemand von der eigenen Tochter sagen, ohne es selbst getan zu haben?

Um meinem Vater nachzueifern und etwas Abwechslung in meine ohnehin schon eng bemessene Freizeit zu bringen, erwarb ich nach langem Büffeln und Üben den Angelschein. So ging ich an manchen Wochenenden sogar zum Hochseefischen, unter anderem reiste ich nach Irland und gewann gar einen Pokal. Zwar hatte ich keinen großen Hai, sondern nur einen kleinen Katzenhai gefangen, der allerdings von allen anderen wegen seiner Seltenheit geschätzt wurde. Es tat mir gut, rauszukommen. Ich genoss die Ruhe beim Angeln.

Eine von meinen Eltern verlangte Aussprache, um sich dabei mein vermeintliches Fremdgehen bestätigen zu lassen, kam eines Abends zu Stande. Vorher hatte mir mein Mann aber gedroht, nichts von den Alimenten und den Steuerschulden zu verraten, weil sonst irgendetwas passieren würde. Das war dann der Tropfen, der das Fass zum Überlaufen brachte. Zu diesem Zeitpunkt hatte ich bereits instinktiv meine Entscheidung getroffen. Trotz allem waren meine Eltern hinterher geschockt, und sie wussten nicht, wie sie mich um Verzeihung bitten sollten. War er ihnen wirklich wichtiger gewesen als die eigene Tochter?

Ich konnte es nicht glauben – und wollte es auch nicht! Warum hatten sie erst mich verdächtigt?

1986 wechselte ich dann innerbetrieblich aus gesundheitlichen Gründen in eine dort ansässige Krankenkasse. Als ich von meinem ersten Arbeitstag nachhause kam, mussten wir unseren kleinen Liebling einschläfern lassen. Die Züchterin hatte Nanny noch nach dem ersten Impfen beim Muttertier gelassen, sodass sie an Gehirnstaupe erkrankt war.

Ich lebte von meinem Mann bereits getrennt, als er 1987 an Darmkrebs starb. Seine Eltern unterschlugen mir unser Familienbuch. Das Erbe hatte ich abgelehnt, somit musste ich auch nicht seine Wohnung räumen. Da wir noch nicht geschieden waren, kämpfte ich über Umwege um die Witwenrente, die mir ja noch zustand. Aber was hatte ich von ihm zu erwarten? Weil er nach unserer Trennung zu mir keinen Kontakt mehr wollte, durfte ich ihn nicht mehr nach seinem Wohlergehen fragen.

Ich hatte keinen Mut mehr, mich irgendeinem Mann noch einmal so zu nähern. Immer wieder hatte ich vertraut, immer wieder an das Gute in ihnen geglaubt. Aber immer wieder wollten sie nur versorgt werden. Hatten Schulden, waren oder wurden arbeitslos. Und ein ums andere Mal zahlte ich im guten Glauben die Schulden und Altlasten mit ab. Aber wofür und warum? Hatte ich gedacht, damit diese Männer bei mir behalten zu können? Wahrscheinlich!

Mein Leben ist anders verlaufen, als ich es mir gewünscht hatte. So war ich nun plötzlich Witwe, obwohl die behandelnden Ärzte meines Mannes meinten: „Ach, er fährt jetzt erst mal in Kur und dann kann er wieder arbeiten gehen!" Dass sich aber unter der Bauchdecke und an der Wirbelsäule bereits neue Metastasen gebildet hatten, konnte ich ja nicht wissen, da er mit mir nichts mehr zu tun haben wollte. Videokassetten, Alkohol und Zigaretten waren damals das Wichtigste für ihn.

Aber auch dies habe ich gemeistert!

Am 16. April 1989 erlitt mein Vater in den Niederlanden einen schweren Herzinfarkt. Während meine Mutter bei ihm in der Klinik blieb, kümmerte ich mich zuhause um alles, was versicherungstechnisch zu erledigen war, denn einen Auslandskrankenschein hatten sie nicht mitgenommen. Das Krankenhaus verlangte aber sofort danach. Also fuhr ich nach der Arbeit mit den notwendigen Papieren sofort nach Holland. Paps kämpfte unter Einfluss von Blutverdünnungsmitteln um sein Leben. Obwohl er aus Mund und Nase blutete, überlebte er diesen Infarkt trotz betroffener Hinterwand. Nach einer anschließenden Rehabilitationsmaßnahme wurde er frühzeitig Rentner. Mit den entsprechenden Medikamenten konnte er noch einigermaßen zufrieden leben.

Anderthalb Jahre nach dem Tod meines Mannes traf ich in einer Zahnarztpraxis einen guten Bekannten wieder. Zufall oder Schicksal? Dachte ich damals jedenfalls. Er war mittlerweile geschieden und bat mich um ein Treffen, um über die vergangenen Ereignisse einmal in Ruhe sprechen zu können. Ich sagte zu und mit der Zeit kamen wir uns näher. Vielleicht waren es die gleichen niederschmetternden Ereignisse, vielleicht lag ihm ja wirklich etwas an mir. Aber wie sollte ich das zu diesem Zeitpunkt schon wissen?

Nach kurzer Zeit zog er bei mir ein, um eine der beiden Mieten einzusparen. Aber auch weil ich bei einer etwaigen Trennung niemals mehr meine eigenen vier Wände und die Habseligkeiten, die ich mir zum wiederholten Male wieder von Neuem erarbeitet hatte, aufgeben wollte. Ihm lag nichts mehr an seiner Wohnung, sodass er alles verkaufte. In ferner Zukunft wollten wir dann einmal eine größere Wohnung beziehen.

Er hielt sich in der Woche in Berlin zur Nach- beziehungsweise Umschulung auf, und ich freute mich immer, wenn die Arbeitswoche vorbei war und er wieder bei mir sein würde. Da ich mittlerweile seine Lieblingsspeisen kannte, kaufte ich zum Ende der Woche alles ein, um ihn damit zu verwöhnen. Die Wohnung war sauber, daher konnten wir die knappe Zeit am Wochenende ohne etwaige andere Verpflichtungen zu zweit genießen.

Als Mitte 1990 meine Periode ausblieb, machte ich mir noch keine Gedanken. Ich hatte ja stets die Pille genommen. Es dauerte etwas über eine Woche, bis ich mir einen Schwangerschaftstest aus der Apotheke holte. Dieser fiel positiv aus. Nach ein paar Tagen ging ich zum Gynäkologen. Ja, ich war schwanger! Am 10. Juli 1990 befand ich mich bereits in der sechsten Schwangerschaftswoche. Wir freuten uns beide sehr und kurz darauf bestellten wir beim hiesigen Standesamt das Aufgebot, damit das Kind ehelich geboren wurde.

Aber alles sollte anders kommen.

Als ich ungefähr im fünften Monat war, kam der Kindsvater wieder zum Wochenende nachhause. Ich hatte mich auf ihn gefreut, wieder alles schön gemacht und vorgekocht. Aber er wollte noch etwas anderes. Dazu war mir aber in diesem Moment nicht zu Mute. Das sagte ich ihm auch und wehrte mich dagegen. Er konnte das aber nicht verstehen und wollte unbedingt seinen Willen durchsetzen. Daher schubste er mich, sodass ich rücklings auf die Wohnzimmercouch fiel. Wutentbrannt raffte ich mich wieder auf und beschimpfte ihn. Er hob die Hand gegen mich, und nach langem Hin und Her bat ich ihn, die Wohnung zu verlassen. Mit Widerwillen packte er ein paar Sachen zusammen und ging. Mein Herz raste. Ich wollte ihn erst einmal nicht mehr sehen.

Es dauerte höchstens eine halbe Stunde, als es bei mir Sturm klingelte. Ich ging zur Wohnungstür und öffnete mit dem Drücker die Haustür unten, ohne zu wissen, dass er es war, der kurze Zeit später von außen an meine Wohnungstür hämmerte. Nachdem er sich etwas beruhigt hatte, bat er mich, die Tür zu öffnen. Ich tat es schon allein deswegen, um bei meinen Nachbarn kein zu großes Aufsehen zu erregen.

Das war der größte Fehler, den ich machen konnte! Er stieß mir von außen die Tür in den Leib, sodass mir schwarz vor Augen wurde und ich nur noch Angst um mein Kind hatte. Mit letzter Kraft drückte ich die Tür wieder zu und drohte ihm mit der Polizei. Um mich abzusichern – ich wusste ja nicht, wozu er noch fähig war –, rief ich meine Eltern an. Mein Vater kam sofort und holte mich in mein Elternhaus.

Da es sich ohnehin schon um eine Risikoschwangerschaft handelte, weil ich unter zu hohem Blutdruck litt und auch bereits schon einunddreißig Jahre alt war, war meine Angst mehr als begründet. Am kommenden Tag begab ich mich gleich wieder in ärztliche Behandlung, aber meinem Kind war anscheinend nichts passiert. Ich war einfach nur glücklich!

Aber wie sollte es jetzt weitergehen?

Die Angst um mein Kind hatte mich so gestärkt, dass ich wusste, ich würde diesen Abschnitt meines Lebens auch allein meistern können, gerade weil ich schon so viele Niederlagen und Neuanfänge hinter mir hatte. Ich wollte für mein Kind da sein. Natürlich war ich mir der großen Verantwortung als allein erziehende Mutter durchaus bewusst.

Von einer Untersuchung zur anderen erhielt ich auf meine Frage nach dem Geschlecht meines in mir wachsenden Kindes stets voneinander abweichende Auskünfte. Erst sollte es ein Mädchen werden. Dann hieß es, man könne noch nichts Genaues sagen. Später wurde mir ein Junge in Aussicht gestellt. Beim nächsten Besuch in der Praxis fragte mich der Arzt, ob mir schon das Geschlecht mitgeteilt worden sei. Ich erwiderte, dass es sich um einen Jungen handeln würde. Nein, das könne nicht sein, meinte dieser. Es wäre ein Mädchen. Wenn ich Babysachen kaufte, dann von da an nur noch in Lila.

Ich hoffte nur, dass mein kleiner Sonnenschein gesund sein und nicht so brutale Anfälle haben würde wie sein Vater.

Ich ging zu meinem Hausarzt, der mir und meinem an Downsyndrom erkrankten Bruder Blut abnahm und es ins Gen-Institut nach Essen schickte, um untersuchen zu lassen, ob ich auch ein krankes Kind erwarten könnte. Nach ungewissen zwei Wochen kam endlich der Bescheid, dass dies ausgeschlossen sei.

Bis zuletzt ging ich weiter arbeiten. Zwischendurch lief ich von einem Amt zum nächsten, um unser Überleben in der Zeit nach der Geburt sicherzustellen, da ich den vollen Erziehungsurlaub – damals waren es anderthalb Jahre – nutzen wollte. Beim Standesamt stellte ich einen Antrag auf Annahme meines Mädchennamens, da mein Sohn nichts mit meiner vorherigen Ehe zu tun hatte. Ja, zu diesem Zeitpunkt wusste ich dann auch, dass es ein Junge werden würde. Ich wandte mich ans Sozialamt und bat um Hilfe. Da ich zu weit von meinen Eltern entfernt wohnte, war eine Betreuung meines Kindes zu diesem Zeitpunkt noch nicht möglich.

Dann wurde ich von meinem Gynäkologen auf Dauer krankgeschrieben, weil mir das Kind bereits auf den Leisten lag und ich dadurch nicht mehr richtig laufen konnte. Fortan saß ich allein in meiner Wohnung, hörte damals schon gern verträumte Lieder, streichelte meinen Bauch und freute mich auf meinen kleinen Schatz, den ich bald in meinem Arm halten durfte. Er würde meinem Leben wieder einen Sinn geben und ich würde ihn mit all meiner Liebe großziehen. Im Nachhinein denke ich jetzt manchmal, dass er diese Musik auch gern gehört hatte, denn er tut es heute noch.

Der errechnete Entbindungstermin war der 9. März 1991. Als ich am 20. Februar wieder zur Kontrolluntersuchung kam, bestand der Arzt aufgrund meiner schlechten Blutwerte auf sofortige stationäre Aufnahme. Da ich mir bereits Kliniken angeschaut hatte, begab ich mich daraufhin in ein Krankenhaus in Gelsenkirchen, denn dort lagen Kinderklinik und Säuglingsstation direkt auf einem Flur. Meinem Kind durfte einfach nichts passieren!

Dort angekommen musste ich abermals alle Untersuchungen über mich ergehen lassen. Meine Blutwerte waren auf einmal in Ordnung! Es wurde außerdem ein Ultraschallbild von meinem Jungen gemacht. Ich weinte, denn dabei konnte ich ihn schon richtig sehen. Seine Gesichtsform, seine Stupsnase. Es war so schön.

Die Ärzte rieten mir, erst einmal zur Kontrolle dort zu bleiben. Das dauerte etwas über eine Woche, ehe man mir erlaubte, bis zum Geburtstermin nachhause zu dürfen. Salzarme Kost wurde mir ans Herz gelegt, da die Wasseransammlungen in meinem Körper immer mehr zunahmen. Ich tat alles, Hauptsache, ich durfte nachhause. Zum errechneten Termin sollte ich aber freiwillig wiederkommen.

Als der Tag gekommen war, stieg ich in mein Auto und fuhr mich und mein Kind selbst ins Krankenhaus. Auf dem Beifahrersitz begleitete mich meine Mutter, die den Wagen anschließend mit nachhause nahm. Aber wenn ich dachte, dass alles nach Plan ablaufen würde, hatte ich nicht mit dem Willen meines Babys gerechnet. Nachdem ich bereits drei Tage überfällig war, bekam ich wehenfördernde Mittel, um die Geburt einzuleiten. Stundenlang lief ich auf der Station um den Fahrstuhl herum. Aber nichts geschah. In der darauf folgenden Nacht wachte ich plötzlich auf. Etwas stimmte nicht. Mein Bett war nass. Ich ging zur Toilette und merkte, dass die Fruchtblase geplatzt sein musste. So versorgte ich mich mit Vorlagen, legte eine Decke auf das Nasse im Bett und schlief wieder ein. Es hielt sich ja kein Arzt auf Station auf, und das hätte ja wohl auch bis morgens Zeit, wenn alle Schwestern und Ärzte wieder ihren Dienst angetreten hätten, dachte ich zumindest.

Als ich dann am Morgen der Schwester im Frühdienst davon berichtete, schimpfte sie mit mir und schickte mich sofort in den Kreissaal. Von da an bekam ich nichts mehr zu trinken, geschweige denn zu essen. Mein kleiner Schatz in mir wollte aber immer noch nicht kommen. So hängte man mich an einen wehenfördernden Tropf. Immer wieder nahm ich wahr, wie in den Nebenräumen Kinder geboren wurden, aber bei mir tat sich nichts. Weil zwischendurch ein Notfall kam, eine Steißlage, erhielt ich wehenhemmende Mittel. Dann wieder der andere Tropf, aber es tat sich nichts.

Während dieser langen Zeit hatte meine Mutter versucht, mich zu erreichen. Ihr wurde aber gesagt, dass keiner wisse, wo ich sei. Also kam sie höchstpersönlich, stand mir bei und benetzte meine Lippen mithilfe eines nassen Waschlappens. Ich war so erschöpft, weil die Wehen nun doch zeitweise eingesetzt hatten und dann wieder bedingt durch die ankommenden Notfälle unterdrückt worden waren. Die mir gesetzte Rückenmarknarkose, die mir die Schmerzen nehmen sollte, wirkte nicht, weil alles vorbeilief. Obwohl ich dies immer wieder beteuerte, wollte mir keiner glauben. Erst beim Schichtwechsel wurde es bemerkt, aber da war es schon fast zu spät.

Der Stationsarzt untersuchte mich und riet mir zu einem Kaiserschnitt. Als alle Formalitäten mit meiner krakeligen Unterschrift erledigt waren und ich bereits auf der OP-Liege lag, kam ein anderer Arzt und meinte, es würde auch mit der Saugglocke gehen. Daraufhin wurde ich erneut umgebettet. Dann kamen die Wehen, die ich gar nicht mehr kontrollieren konnte. Ich war einfach außer Stande, mitzuarbeiten. Es ging einfach nicht mehr! Die Saugglocke wurde geholt, und als ich diese nur noch schemenhaft wahrnahm, wollte mein Junge nicht mehr warten.

Der Arzt, der einen Dammriss vermeiden wollte, saß mit seinem Skalpell bereit und schrie mich förmlich an, nicht zu pressen. Doch alles ging viel zu schnell. Die Schmerzen waren unerträglich, aber dann nach langen anderthalb Tagen, nachdem die Fruchtblase geplatzt war, erblickte mein Sonnenschein am **14. März 1991 um 14.16 Uhr das Licht der Welt.**

Er wog 3610 Gramm, war 50 Zentimeter groß und gesund!

Ich durfte ihn kurz in meinen Armen halten, ehe er mir auch schon wieder weggenommen wurde! Durch die lange Zeit ohne Fruchtwasser hatte sich das Risiko einer Infektion dramatisch erhöht, sodass er sofort untersucht werden musste. Ich wurde genäht. In dieser Zeit war mein Vater bei herrlichstem 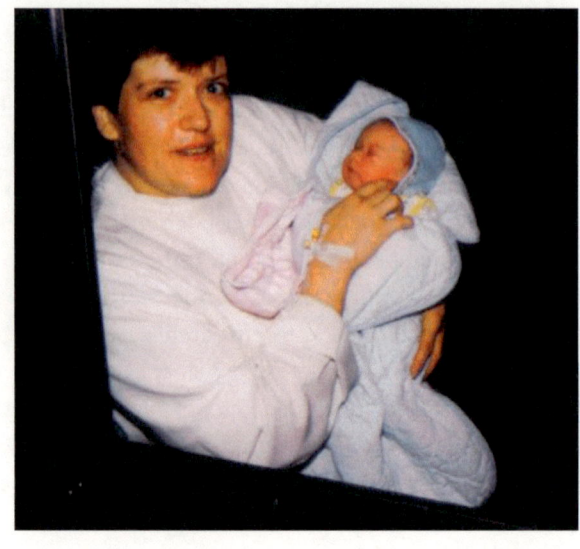 Sonnenschein aus Holland gerufen worden, da meine Eltern dort einen Wohnwagen auf einem Campingplatz mit Garten hatten. Paps stand in der Tür, als der Arzt mich noch versorgte. Aber das war mir in diesem Moment egal. Ich freute mich nur, dass er zur Geburt seines Enkelsohnes gekommen war.

Nachdem ich durch die Station in mein Zimmer geschoben worden war, klatschten alle Schwestern Beifall, denn ich hatte es ja wirklich nicht leicht gehabt. Dort gab es eine Schwester Olga, die ziemlich streng mit uns umgegangen war. Sie war dann auch die Erste, die mich fragte, worauf ich denn Appetit hätte. Ich antwortete nur: „Kakao, bitte." Unverzüglich lief sie zur Küche, und ich bekam von ihr sogar zwei Tüten Kakao, denn das hätte ich mir ja wohl redlich verdient!

Meine Eltern fuhren kurz nachhause, während mein Sohn auf der Säuglingsstation versorgt wurde und ich mich ein wenig ausruhen konnte. Etwas später hielt ich es dann nicht mehr aus. Ich wollte zu meinem Kind. Da ich so viel Blut verloren hatte, durfte ich nicht aufstehen. Aber ich tat es trotzdem. Mein Kreislauf spielte zwar verrückt, aber gestützt von meinen Eltern lief ich an der Wand entlang durch den Flur zur Säuglingsstation.

Da lag mein kleiner Schatz und schlief. Wie süß er doch war! Leider bekam ich ihn nicht aufs Zimmer zum Stillen. Ich musste abpumpen und die Milch zu ihm bringen.

Der Junge wurde als „Wonneproppen" der Station tituliert. Alle mochten das ruhige liebe kleine Wesen. Als er bereits am Folgetag seiner Geburt das Köpfchen eigenständig im Bettchen von einer Seite zur anderen drehte, wollte er wohl zeigen: „Ich hab es nicht so gern, durch die Scheibe beobachtet zu werden."

Paps fuhr für mich zum Standesamt nach Gelsenkirchen und meldete meinen Sohn Daniel als neuen Erdenbürger dort an.

Nach etwa einer Woche wurde ich entlassen, aber mein Schatz musste wegen der noch ausstehenden abschließenden Untersuchungen noch dort bleiben. Das tat mir so weh, ich kann es gar nicht beschreiben. Ich fuhr an diesem Tag mit zu meinen Eltern und freute mich schon auf den nächsten Tag, an dem ich mein Kind endlich nachhause holen durfte.

Aber Daniel hat mir noch mehr geschenkt: Ab dem Tag seiner Geburt brauchte ich keine blutdrucksenkenden Medikamente mehr einzunehmen. Ich hatte danach Werte, wovon ich seit meiner Ausbildungszeit nur geträumt hatte. Die Ärzte waren allesamt mit uns beiden zufrieden. Daniel hatte durch den frühzeitigen Blasensprung keine weiteren Infektionszeichen mehr gezeigt. Im Gegenteil, er entwickelte sich sehr gut, hatte außer den üblichen Koliken bei Babys keine Schwierigkeiten und schlief auch bald nachts durch. Wenn er morgens wach wurde, schrie er nicht, sondern spielte mit seinen Fingerchen und gab mir stets durch sein Lächeln zu verstehen, dass es ihm gut ging.

Jeder neue Tag gab mir so viel Glück in dieser Zeit.

Daniel sollte beschützt und ohne Streitigkeiten der eigenen Eltern aufwachsen. Das würde ich schon schaffen.

Am 28. März 1991 feierte sein Urgroßvater Geburtstag. Wir fuhren mit dem gerade vierzehn Tage jungen Baby dorthin. Opa freute sich über das neue Familienmitglied. Obwohl mein Sohn unehelich geboren war, stand uns jeder in der Familie bei. Er wurde verwöhnt und beschenkt.

Das Jugendamt übernahm die Beistandschaft für Daniel. Der Unterhalt für ihn wurde dadurch pünktlich überwiesen.

Der Kindsvater fuhr eines Tages hinter mir her und verlangte ein Foto von Daniel. Ich sagte ihm, dass er kein Bild bräuchte, denn er solle doch nur mal ins Auto schauen, wenn er seinen Sohn sehen wolle. Nein, dazu hätte er keine Lust, gab er mir zu verstehen, und das Foto wäre ja auch nur für seine Verwandtschaft.

Das war es dann für mich! Ich verbat mir über das Jugendamt jegliche Kontaktaufnahme! Mein Kind sollte keine Schläge bekommen oder seine unkontrollierten Wutausbrüche spüren müssen!

Ab diesem Zeitpunkt wusste ich, dass ich es allein schaffen würde.

Im Sommer 1991 fuhren wir mit meinen Eltern und meinem Bruder nach Polen. Daniel verhielt sich dort ungewöhnlich unruhig und weinte viel. Aber wer sollte schon ahnen, dass er bereits mit vier Monaten sein erstes Zähnchen bekam?

Ich hatte zwischenzeitlich ein Arbeitsangebot von meinem Vorgesetzten bekommen. Sollte ich wieder anfangen – was er sich wünschte –, würde ich in einer anderen Abteilung eingesetzt. Nur, was war mit meinem Sohn? Da ich mit meinem Bruder früher ebenfalls während der Berufstätigkeit meiner Eltern von den Großeltern betreut worden war, sprach ich mit meinen Eltern, ob sie nun auch auf Daniel aufpassen könnten. So kümmerte ich mich um eine Wohnung in der Nähe meiner Eltern.

Und wieder hatten wir Glück. In dem Haus, in dem sie wohnten, wurde eine Wohnung frei, die bislang von zwei Jugendlichen bewohnt wurde, die durch diese Maßnahme an die Umwelt und das Alleinleben gewöhnt werden sollten. Es handelte sich um zwei Jungs, die im Heim aufgewachsen waren und jetzt selbstständig werden sollten. Aber das klappte nicht.

Wie dem auch sei, die Wohnung wurde mir zugesprochen. Allerdings war sie arg heruntergekommen. Alle sanitären Anlagen konnte man nicht einmal mehr mit Handschuhen anpacken. Die Fliesen in Bad und WC waren zerschlagen. Das Küchenfenster konnte nicht mehr geöffnet werden, aber trotzdem befand sich dort die Katzentoilette. Im Wohnzimmer standen Riesenmusikboxen, Totenköpfe, verschmutzte Teller mit bereits beweglichen Essensresten unter dem Wohnzimmertisch.

Ich bestellte einen Umzugs-Lkw, den ich dann auch selber fuhr. Deren Möbel in meine Wohnung, meine Möbel in deren Wohnung. Paps fing im

Schlafzimmer an zu tapezieren, damit wir dort wenigstens schon viele Sachen abstellen konnten, da ja jeder noch in seiner alten Wohnung lebte. In der Küche musste gegen die Insekten eingesetzt werden, was es nur gab.

Die sanitären Anlagen, wie Toilette, Badewanne, Waschbecken, Küchenspüle, bekam ich fabrikneu von der Wohnungsgesellschaft. Mein Vater flieste alles neu aus, legte im größten Teil der Wohnung Parkettfußboden, tapezierte alle Räume, versah die Zugänge zu Ess- und Wohnzimmer mit Rundbögen. Die Wohnung wurde nach der Renovierung abgenommen.

„Ja, jetzt haben Sie ja eine Art Eigentumswohnung daraus gemacht", sagte man uns.

Zusätzlich bekam ich noch die Hälfte der Fliesen vom Bad dazu, außerdem wurden mir noch rundum neue Fenster zugesagt und eingebaut. Kunststofffenster mit Doppelverglasung und Rollläden, da wir Parterre wohnen.

Das ganze Geld, das ich von unserer Sozialhilfe in den anderthalb Jahren Erziehungsurlaub – man glaubt es kaum – hatte sparen können, steckte ich in die neue Wohnung. Parkett, Tapeten, Fliesen, alles von meinem Ersparten.

Nun stand fast die ganze Einrichtung, nur meinen Traum vom Wohnzimmerschrank konnte ich mir nicht mehr erfüllen. Da die Kartons mit meinen vielen Büchern noch unausgepackt dastanden, bat ich meinen Vater, mir diesen Schrank vorzufinanzieren. Er tat es! Und innerhalb von drei Monaten hatte er sein Geld zurück. Ich wollte einfach keine Schulden haben!

Wie sehr hatte ich von so einer großen Wohnung geträumt! Vorher hatte ich mit meinem Sohn auf nur 39 Quadratmetern gehaust. Die Windelpakete und Babymilchdosen stapelten sich dort in der Küche auf den Schränken.

Nun konnte meine Mutter auf meinen Sohn aufpassen, wenn ich arbeiten ging. Darauf freute sie sich schon sehr. Gleichermaßen passte ich auf Uwe auf, wenn meine Eltern wegmussten oder in den Urlaub fuhren. Ich goss dann oben die Blumen, leerte den Briefkasten, stellte frische Blumen auf den Tisch und machte noch einmal vorher alles sauber, wenn ich sie zurückerwartete.

Ich bin meiner Mutter für ihre Mühe heute noch sehr dankbar.

Arbeitsmäßig lernte ich mit dem Computer umzugehen, wurde ins Angestelltenverhältnis übernommen und konnte mit meinem beruflichen Werdegang, für meine Verhältnisse, mehr als zufrieden sein. So weit hatte ich mich in den Jahren hochgearbeitet, dass ich jetzt in der Finanzabteilung eingesetzt wurde.

Nur mein Sohn fehlte mir. Immer wieder fragte ich mich, was er wohl gerade bei Oma machen würde. Wenn ich dann aber sein „Mami" hörte, wenn ich von der Arbeit kam, kehrte das Glück wieder zurück. Was sollte ich denn machen? Ich hatte ja keine andere Wahl! Selbstverständlich wäre ich lieber bei meinem Jungen zuhause geblieben! Aber ich musste doch arbeiten gehen, damit wir zwei leben konnten!

Ich begab mich jedes Mal sofort von der Arbeit nachhause, um Daniel abzuholen. Dann fuhr ich bei Bedarf noch einmal mit ihm los, um einzukaufen. Ich musste ihn einfach immer um mich haben!

Dem Sozialamt brauchte ich nichts zurückzuzahlen, sodass es uns auch bald finanziell wieder besser gehen würde.

Daniel entwickelte sich prächtig.

Meine Eltern hatten zu dieser Zeit einen feststehenden Wohnwagen in Holland.

Für meinen Sohn baute mein Vater ein eigenes Bett ein und sorgte für einen Sandkasten im Garten. Es war auch für uns ein schönes Ziel, am Wochenende oder im Urlaub der Arbeit und dem stressigen Alltag auf diese Weise entfliehen zu können. Dort hatten wir auch viele Bekannte und Freunde. Hans und Käthi und deren Kinder sind uns in dieser Zeit sehr ans Herz gewachsen.

Auch Uwe hatte seinen eigenen Bereich. Dort schrieb er oder beschäftigte sich mit Daniel oder „Micki".

Zwischendurch wurde anlässlich der regelmäßigen Untersuchungen bei Daniel eine Phimose festgestellt, woran er auch operiert wurde. Diese Operation wurde ambulant durchgeführt. Er überstand alles sehr gut. Nur die Fäden piksten immer beim Pipimachen.

Wir fuhren meistens mit der gesamten Familie in Urlaub und Daniel lernte immer mehr dazu.

Dann kam der Tag, der 3. April 1995, an dem mein Sohn zum ersten Mal in den Kindergarten ging. Er weigerte sich und weinte. Aber ausschließlich unter Erwachsenen wollte ich ihn nicht belassen. Das soziale Verhalten unter Gleichaltrigen, das Spielen und Lernen mit Kindern, dies alles sollte ihm später nicht fehlen.

Nach kurzer Zeit schon freute er sich jeden Tag auf den Kindergarten. Wenn ich dann nachhause kam, stand das kleine Plappermäulchen nicht still. So viel Spannendes hatte er mir zu berichten.

*Die Entwicklung eines Kindes mitzuerleben, jeden Fortschritt zu beobachten und die Liebe von ihm zu spüren ist einfach das Größte und Schönste für eine Mutter!*

Ich war schon immer ein Familienmensch und blieb stets bei meinem Kind. Von Bekannten und Arbeitskollegen wurde ich dahingehend schon immer verurteilt. Man könne doch nicht immer zuhause bleiben. Ich müsse doch auch mal raus und weggehen. Nein, das wollte ich nicht. Ich blieb bei meinem Sohn. Denn wie schnell würde er groß werden, und dann wäre diese schöne Zeit vorbei.

Später hatte meine Mutter keine Lust mehr, meinen Vater zum Campingplatz zu begleiten. So packte ich für meinen Sohn und mich stets freitags nach der Arbeit unsere Sachen und wir begleiteten ihn nach Holland. Eines Tages wurde dann beschlossen, dieses Freizeitdomizil in Holland aufzugeben, da mein Vater nicht allein dort hinfahren wollte und zudem auch die Miete zu teuer wurde. Paps fehlte nun natürlich etwas. Er kaufte sich erst einen Roller, danach ein Motorrad, zu dem er aus früheren Zeiten noch den Führerschein hatte.

Zwischendurch fuhren meine Eltern allein nach Polen, da meine Mutter dort aufgewachsen war, und ich passte auf Uwe auf. Später unternahmen wir diese Reisen auch zusammen.

Uwe war nie eifersüchtig auf das kleine Menschenkind, das neu in die Familie gekommen war. Im Gegenteil, er spielte und redete mit ihm, hielt sich praktisch immer an Daniels Seite auf.

In der Ehe meiner Eltern gab es sehr viele Streitigkeiten. Vielleicht lag es am Altersunterschied. Mein Vater war vier Jahre jünger als meine Mutter. Vielleicht war es aber auch die Belastung und Sorge um unser Sorgenkind Uwe.

Alles, was an Schreibkram auf meinen Vater zukam, nahm ich ihm ab, damit er sich nicht wieder aufregen musste. Ich bat ihn sogar, mir die Briefe in meiner Wohnung ungeöffnet auf den Tisch zu legen, damit ich sie zuerst lesen und ihm dann die weitere Verfahrensweise erklären könne, bevor er sich wieder überflüssige Gedanken und Sorgen machen müsse. Von all dem wusste meine Mutter nichts. Uwe war wegen seines geringen Einkommens auf Sozialhilfe angewiesen, sodass mein Vater immer wieder mit dem Sozialamt zu kämpfen hatte. Ich half ihm, wo ich nur konnte. Immer wieder hatte ich Angst, er würde erneut einen Infarkt bekommen.

Im Jahr 1994 zog eine neue Familie auf meiner Etage in die Nachbarwohnung ein. Die Eltern wussten nicht, wie sie sich verhalten sollten und wie es mit der Hausordnung lief. Ich bot ihnen meine Hilfe an. Sagte ihnen, wann und wie oft der Flur geputzt werden müsste, wann und wie die Mülltonne und auch die Kellerräume gereinigt werden müssten. Ihre kleine Tochter mochte mich wohl von Anfang an. Der Vater tauchte dann immer auf, wenn die Ämter Anträge ausgefüllt haben wollten. Sie stammten aus Groß-Schlesien und mussten hier erst einmal Fuß fassen. Die Frau des Hauses kam wohl nicht mit dem Leben in Deutschland zurecht. Sie verfiel immer mehr dem Alkohol. Die Kinder taten mir so leid. Es kam daher auch zu einigen Zwischenfällen, bei denen ich „mein Mädchen" Dagmara immer beschützte und tröstete. Später passte sie manchmal auf Daniel auf, wenn sie schulfrei hatte. Der Sohn Thomas konnte nie so richtig Vertrauen zu mir aufbauen. Heutzutage ist das aber auch anders.

Später starb unser Hund „Micki" in den Armen meiner Mutter und Uwe verlor einen sehr wichtigen Freund. Mickis Krankheit konnte er nicht verstehen. Wir alle waren in seinen Augen schuld, dass das Tier nicht mehr lebte. Er kam darüber hinweg, aber es dauerte sehr lange.

1997 wurde Daniel eingeschult. Was er denn da sollte, fragte er uns. Er würde doch schon alles wissen. Auch dieser Weg – noch ein Schritt mehr zum Erwachsenwerden – tat mir weh. Loslassen? Er allein unter vielen anderen Kindern? Tun sie ihm womöglich weh? Aber ich denke, es ist keiner anderen Mutter in dieser Zeit leichtgefallen.

Einige seiner Kindergartenfreunde besuchten auch seine Klasse. Das war schön für ihn und auch dort fand er sich schnell ein. Er beeindruckte die Lehrkräfte mit seinem Einfühlungsvermögen. Schnell half er anderen Kindern bei den ihnen gestellten Aufgaben.

1998 erkrankte mein Sohn an der seltenen Wachstumsstörung „Morbus Perthes".

Als ich ihn morgens zur Schule fertig machen wollte, saß er weinend auf seinem Bett und sagte, dass er nicht mehr laufen könne. Er wäre schon in der Nacht auf allen vieren zur Toilette gekrochen, um mich nicht zu stören.

Ich meldete mich von der Arbeit ab und fuhr mit ihm zum Orthopäden.

Dieser röntgte ihn und meinte: „Es gibt zwei Möglichkeiten. Eine leichte und eine schwere. Ihr Sohn hat die schwere Erkrankung! Seine rechte Hüfte ist deformiert, also verkrüppelt! Die Erkrankung ist so selten, dass ich Sie mit Ihrem Sohn in die Uniklinik Düsseldorf schicken möchte!"

Daniel saß danach im Rollstuhl. Durfte und konnte nicht mehr laufen, spielen, herumtollen oder Fußball spielen wie jedes gesunde Kind. Warum passierte das uns? Warum meinem Jungen? Alle Untersuchungen hatte ich doch mit ihm machen lassen.

Als man mir in Düsseldorf sagte, dass er operiert werden sollte, wechselte ich mit ihm zur Bochumer Universitätsklinik. Trotzdem kamen weiterhin zu Studienzwecken die Anfragen der Klinik in Düsseldorf. Immer wieder mussten wir zum Orthopäden und in der Klinik vorstellig werden, bis man meinte, eine Operation wäre unumgänglich.

Also ließ ich mich mit meinem Sohn einweisen, da er bis dahin noch nie allein und ohne mich gewesen war. Er wurde von seinen Großeltern mit allem versorgt, was ein Siebenjähriger braucht. Fernseher und Playstation durften nicht fehlen. In dieser Zeit lernte ich Angelika kennen. Sie lag im Nebenzimmer und kam aus Hagen. Wir freundeten uns sehr schnell an und haben heute noch Kontakt. Wir telefonieren und besuchen uns zwar nur selten, aber wir sind immer noch in Verbindung.

Sie hatte immer gesagt: „So einen Papschi hätte ich auch gern gehabt!" Sie meinte meinen Paps, der stets an unserer Seite war. In meinen Sohn hat sie sich sofort verguckt und nennt sich selber „seine zweite Mama".

Nach vielen Untersuchungen meinte man nach fünf Tagen, dass doch nicht operiert werden sollte. Stattdessen wäre nun dreimal wöchentlich Krankengymnastik und zweimal wöchentlich Wassergymnastik geplant. Daniel wurde nach zwei Widersprüchen bei der Pflegekasse und wiederholten Besuchen des Medizinischen Dienstes zum Pflegefall, da er mehr Pflege als ein gesundes Kind brauchte. Daher bekam ich für ihn Pflegegeld, das uns ein wenig für meinen Verdienstausfall entschädigte, da ich für meinen Sohn meine Arbeitszeit auf vier Stunden pro Tag verringerte, um ständig für ihn da zu sein. Jeden Morgen vor meiner Arbeit brachte ich ihn mit seinem Rollstuhl zur Schule und holte ihn auch mittags wieder ab.

Die Therapien überstanden wir gemeinsam. Daniel wollte wieder wie die anderen Kinder sein und ertrug alles mit Geduld und Zuversicht. Bei der Wassergymnastik lernte er dann auch schwimmen.

Um mich ein wenig zu entlasten, fuhr meine Mutter oder mein Vater ab und zu mit ihm zu den Anwendungen. Mutti wollte sich sogar in einer Osteoporose-Schwimmgruppe anmelden. Immer wieder erinnerte ich sie danach daran, aber plötzlich wollte sie doch nicht mehr.

Die von uns eingehaltenen Therapien führten dazu, dass Daniel eine stärkere

Hüftmuskulatur entwickelte, sodass die Gefahr des Herausrutschens des Hüftkopfes gebannt werden konnte und er zumindest auf Gehstützen laufen konnte. Da Daniel bedingt durch seine Erkrankung weniger Bewegung hatte als andere Kinder, nahm er auch leichter zu. Demzufolge wurde er in der Schule auch gehänselt. Aber ich konnte ihn immer wieder beruhigen und fuhr auch selbst in die Schule, um seiner Klasse Daniels Situation zu erklären. Ein wenig half es. Aber wie sagt man immer: „Kinder sind grausam!"

Dadurch ließ er sich in Bezug auf seine schulischen Leistungen aber nicht irritieren. Auch wenn er behindert war und eingeschränkter als seine Mitschüler, bewies er sich stets durch seinen anhaltenden Fleiß in der Schule.

Nach drei Jahren war er so weit wiederhergestellt, dass er bis auf eine Beinverkürzung wieder richtig laufen konnte. Schulsport durfte er aber trotzdem nicht in vollem Maße mitmachen. Lange Wegstrecken, Hopsen, Springen waren ihm untersagt. Daniel wurde wieder etwas selbstständiger, und ich stellte einen Antrag auf sechs Stunden Arbeitszeit, da ich ja dadurch uns beide wieder besser versorgen konnte.

Im Erwachsenenalter muss er eine neue Hüfte bekommen. Das ist dann seine Entscheidung und eine Operation. Wäre er damals operiert worden, hätte er schon sehr viele Operationen hinter sich, da er ja noch im Wachstum war.

Eines Tages bekam ich einen Anruf vom Heim, das an Uwes Werkstatt angeschlossen war. Der Heimleiter meinte zu mir, dass meine Eltern ja wohl nicht jünger würden und sie sich doch überlegen sollten, Uwe so langsam ins Heim abzugeben. Ich sprach daraufhin mit meinen Eltern, aber sie wollten ihn nicht abgeben. Obwohl ich in jungem Alter meinen Eltern versprochen hatte, ihn zu mir zu nehmen, wenn sie einmal nicht mehr da wären, dachte ich doch jetzt mehr an ihre Gesundheit.

Die Unstimmigkeiten zwischen meinen Eltern wurden zusehends mehr und ich stand stets zwischen zwei Stühlen. Es kam so weit, dass ich Beruhigungsspritzen und -tabletten vom Arzt bekam, die mich durch meinen Alltag bringen sollten.

Mutti weinte sich über Paps bei mir aus und Paps beklagte sich bei mir über Mutti.

Mein Bruder entwickelte sich in dieser Zeit zu einem unzufriedenen, in Abwehrstellung stehenden Jungen, dem überhaupt nichts mehr recht zu machen war. Wenn er nicht um 13.00 Uhr sein Essen bekam, schloss er die Tür und legte sich schmollend ins Bett. Er hatte seinen eigenen Kopf und Zeitplan. Danach mussten alle handeln. Umso mehr nahmen die Schwierigkeiten meiner Eltern zu. Nun versuchte ich als gesunde Tochter zu retten, was zu retten war. Nur merkte ich erst viel zu spät, dass meine Mühe umsonst war. Mutti blockierte in jeder Hinsicht ab. Wenn ich versuchte, ihr zu erklären, dass sie sich gegenüber Uwe anders verhalten solle, fing sie an, mit mir zu schimpfen. Kam sie aber nicht mit ihm klar, rief sie mich zu Hilfe.

Uwe ging sich am Morgen bei meinen Eltern waschen, ließ dabei bei geschlossener Tür die elektrische Zahnbürste und das Wasser laufen. So trickste er meine Eltern aus! Denn immer wieder mussten sie feststellen, dass seine Zähne nicht geputzt waren; dann ging es nur mit Anleitung beziehungsweise unter Beobachtung.

„Uwe geht jetzt duschen!", hieß es dann. Er zog sich im Bad aus, stellte die Dusche an, ging zwar rein, aber nicht unter den Wasserstrahl, denn: „Wasser ist nass!"

So machte er sich irgendwie die Haare nass. Wegen seiner Schuppenflechte im Haar bekam er ein Spezial-Shampoo und eine Tinktur, die nach dem Duschen aufgetragen werden musste. Mit dieser Tinktur in der Hand kam er dann zur Mutter und sagte: „Uwe hat fertig, Kopf machen!"

Meine Mutter glaubte ihm und rieb ihm den Kopf mit dieser Tinktur ein. Ins ungewaschene Haar! Aber das habe ich dann erst alles später festgestellt!

Ein ums andere Mal dachte ich, meine Eltern würden mich mit dieser Belastung brauchen! Aus diesem Grund blieb ich in ihrer Nähe! Wie oft hatte ich von hier wegziehen wollen, weil ich mit allem, was meine Familie betraf, nicht mehr zurechtkam; aber immer wieder habe ich an das Gute gedacht, geglaubt, sie bräuchten mich eines Tages, wenn sie älter würden.

**Vielleicht** wollte ich auch an ihnen gutmachen, was sie mir und meinem Kind ermöglicht haben. **Vielleicht** wollte ich aber auch zu viel gutmachen! **Vielleicht** habe ich dabei vergessen, mein eigenes Leben zu leben. Aber **vielleicht** bin ich auch keiner von den Mensch, die nur an sich denken!

Jedenfalls verschloss sich meine Mutter immer mehr. Wegen ihrer ständigen Rückenschmerzen bot ich ihr an, ihr im Haushalt zu helfen. Gardinen abnehmen und nach dem Waschen wieder aufhängen, die Betten beziehen und vieles andere. Manche Hilfe nahm sie an. An manchen Tagen meinte sie aber, sie wolle das allein machen.

Regelmäßig fragte ich sie, ob sie mit uns einmal essen gehen, uns in die Stadt oder auf den Trödelmarkt begleiten möchte. „Nein! Was soll ich denn da, da gebe ich ja nur Geld aus!", lautete ihre Antwort.

Dauernd startete ich einen neuen Versuch. Ich erkundigte mich, ob sie mit zu ihrer Mutter nach Erkrath oder zu Karl und Elke nach Moers fahren wolle. Immer wieder „keine Lust!". So fuhr ich mit meinem Vater und meinem Sohn stets allein dorthin.

Hatte sie gesundheitliche Schwierigkeiten, lehnte sie Arztbesuche mit den Worten: „Ach, das vergeht wieder!", strikt ab. Besuchten uns Bekannte oder Verwandte, kam sie nur widerwillig in unsere Wohnung. Sie hatte keine Lust mehr, Gäste zu empfangen. Nach ihrer Meinung konnte ich ja nicht kochen. Sie war in all der Zeit immer die beste Köchin.

Sie hielt sich lieber in ihrer Wohnung allein auf, lag auf der Couch und schaute fern. Zu abendlichen Unterhaltungen mit meinem Vater kam es nicht mehr, sodass dieser zu uns kam, da wir meist Musik hörten und am Fernsehen weniger interessiert waren. Wir unterhielten uns über alles, was wir am Tag erlebt hatten, und über die eingegangene Post. Wir telefonierten von hier aus mit Bekannten und Verwandten, die Geburtstag hatten, oder auch um einfach mal zu fragen, wie es ihnen geht. Wir wollten den Kontakt nicht verlieren. Auch aus unseren Urlauben war ich immer diejenige, die Postkarten schrieb, auch an jene Menschen, die sich nicht mehr bei uns meldeten.

Nach einem ausgiebigen Gespräch mit Daniels Klassenlehrer wurde mir für ihn das Gymnasium oder die Realschule empfohlen. Mein Sohn entschied sich für das Gymnasium. Also fuhren wir von einer Schule zur anderen und ich überließ ihm die Entscheidung.

Danach wechselte er 2001 in die fünfte Klasse aufs Gymnasium in unserer Nähe. Wieder ein neuer Schritt ins Erwachsenenleben.

Da ich durch meine Berufstätigkeit nicht immer gleich zur Stelle sein konnte, war damit zumindest sichergestellt, dass sein Opa ihn jederzeit von der Schule abholen konnte. Denn die Angst blieb in Anbetracht seiner Hüfterkrankung, dass er Schmerzen bekommen oder nach einem Schubs eines Mitschülers auf seine Hüfte fallen würde.

Auch auf dieser Schule gingen die Sticheleien vonseiten der Klassenkameraden weiter. Es ging sogar so weit, dass er so fertiggemacht wurde, dass er weinend in der Klassenraumecke saß und nur noch zitterte. Da wir immer ein sehr inniges und freundschaftliches Verhältnis hatten, erzählte er es mir unter Tränen. Am kommenden Morgen rief ich auf der Arbeit an und sagte, dass ich etwas später kommen würde. Ich fuhr mit meinem Jungen zur Schule und sprach mit dem Klassenlehrer. Ich war so aufgebracht, dass ich ihn auf die in der Schule bestehende Fürsorgepflicht hinwies. Ich drohte damit, meinen Sohn von der Schule zu nehmen, wenn sich diese unzumutbaren Zustände nicht umgehend ändern würden.

Es folgten viele Klassenkonferenzen, in denen die besagten Schüler mit Schulverweis oder Teilnahmeverbot an geplanten Ausflügen konfrontiert wurden. Die jeweiligen Eltern wurden ebenfalls benachrichtigt. Danach ging Daniel wieder mit Freuden zur Schule. Irgendwie konnte und wollte ich nicht einsehen, dass ihm die Schule durch diese widrigen Umstände vermiest wurde.

Ich denke, die Willensstärke hat er von mir. Er schaffte es mit Bravur!

Am 28. Juli 2001 erfüllte ich meinem Sohn einen sehr großen Wunsch. In Begleitung einer meiner Arbeitskollegen und mir bekam er die Möglichkeit, nach all den Strapazen endlich ins Fußballstadion nach Dortmund zu kommen und ein Spiel seiner Mannschaft live zu sehen. Um 15.30 Uhr war Anstoß der Begegnung Dortmund gegen Nürnberg, die später 3 : 0 für Dortmund ausging. Das war ein sehr schönes Erlebnis für ihn.

Im gleichen Jahr zog die Mutter von Dagmara aus der gemeinsamen Wohnung aus und bezog eine Wohnung in einer Einrichtung für betreutes Wohnen, in der sie beobachtet würde. Der Vater der Familie reichte die Scheidung ein. Ich unterstützte ihn dahingehend und suchte ihm einen entsprechenden Rechtsanwalt. Die Ehe wurde später geschieden.

Nun stand Arno allein mit seinen zwei Kindern da und kämpfte darum, dass es allen gut ging.

Am 22. Oktober 2002 verstarb Gittis Mutter nach einer langen schweren Krankheit. Sie war so herzensgut.

*Am 22. September 2003 kam meine Mutter ins Krankenhaus. Sie wollte zu keinem Arzt, bis sie sich nur noch erbrach!* Mein Vater bat mich um Hilfe. Ich überredete sie, zum Arzt zu gehen. Am nächsten Morgen brachte er sie zu unserem Hausarzt, der sie sofort in die Klinik einwies. Sie rief mich an und bat mich, zu ihr zu kommen, denn nur zu mir hätte sie Vertrauen! Ich fuhr sofort hin. Sie saß im Rollstuhl bei ihrem behandelnden Arzt im Ärztezimmer und meinte, dass der Arzt ihr gesagt habe, sie hätte Magenkrebs. Sie weinte bitterlich. Ich nahm sie in den Arm, was sie vorher nur selten zugelassen hatte, und ergriff ihre Hand, streichelte diese und informierte mich gleichzeitig bei dem Arzt, welche Heilungschancen es noch geben würde. Er meinte, dass es durchaus noch Chancen gäbe. Beurteilen könne man das aber erst nach allen Anschlussuntersuchungen! Ich hoffte und betete!

Nachdem ich den Arzt gefragt hatte, ob es nicht besser gewesen wäre, bei Magenkrämpfen nicht doch besser auf Diät umzustellen, und er mir das bestätigte, schob ich sie in ihrem Rollstuhl auf den Gang hinaus. Immer wieder hatte ich ihr gesagt, sie müsse nicht immer etwas essen! Ihre Antwort lautete immer: „Morgens, mittags und abends muss ich was essen, sonst wird mir schlecht!"

Was alles sollte ich meiner Mutter noch raten, wenn sie doch nie einen meiner Ratschläge annahm? Jetzt war es zu spät!

Im Nachhinein bekam ich noch heraus, dass ihre angeblichen Rückenschmerzen von dem kranken Magen kamen. Schmerzen leiten!

Mitten in diesem ganzen Unglück meldete ich am 23. September um 16.15 Uhr meinen Sohn zum Konfirmationsunterricht an.

Die Ärzte wollten Mutti zunächst einen Teil des Magens entfernen beziehungsweise die Verdauung direkt über den Darm leiten. Aber es kam anders. Im Krankenhaus wurde sie nicht nur bestohlen (sie hatte ihr ganzes Geld,

Uwes Ausweise, ihre Ausweise, einfach alles mit in die Klinik genommen!), sie bekam noch einen Schlaganfall und riss sich immer wieder die Magensonde aus der Nase, die den Magen von den Säuren entlasten sollte. Urologisch wurde sie zwischendurch in einer anderen Klinik untersucht, zu der ich sie ebenfalls begleitete. Bei dieser Untersuchung hat sie nur geschrien, nach mir gerufen. Ich konnte ihr nicht helfen, denn der Arzt ließ mich nicht mit in den Behandlungsraum.

Welche Qualen musste sie überstehen und ich konnte ihr noch nicht einmal die Hand halten?

Es wurde festgestellt, dass sich auch an der Harnleiter bereits Metastasen gebildet hatten. Der Arzt, der sie untersucht hatte, fragte **mich** dann, wann sie zuletzt bei den Vorsorge- und gynäkologischen Untersuchungen gewesen sei. Was sollte ich ihm antworten? Ich sagte ihm die Wahrheit! Und bekam seitens meiner Mutter strafende Blicke. Seitdem sie beim Frauenarzt einmal eine Mammografie hatte mitmachen müssen, die ihr sehr weh getan hatte, war sie nicht mehr bei derartigen Untersuchungen gewesen!

In ihrer Klinik fragte man mich, ob sie fixiert werden könne, um zu vermeiden, dass sie sich immer wieder die Magensonde herausriss. Ich bejahte, um ihr zu helfen. Es gab noch Chancen, dass sie überlebte! So wurde sie am 6. Oktober auf die Intensivstation verlegt. Zu einem Nierenstau kamen noch Schmerzen an der Galle hinzu. Abermals musste sie zu einem anderen Arzt außerhalb der Klinik. Dieser konnte keine Dringlichkeit einer Operation diagnostizieren. Nach weiteren zwei Tagen erreichte mich dann der Anruf aus der Klinik, dass sie notoperiert werden müsse.

Von dieser Operation hat sie sich nicht mehr erholt und verstarb in der Nacht zum **1. November 2003 um 0.20 Uhr.** Ich bekam den Anruf in der Nacht und bin mit meinem Sohn zu meinem Vater in seine Wohnung gegangen.

Mein einziges Wort: „Paps", und mein sprachloses Kopfschütteln hatte ihm schon zu verstehen gegeben, dass sie nicht mehr lebte. Er weinte hemmungslos, wir auch. Daniel nahm seinen Opi in den Arm und tröstete ihn: „Opi, wir sind immer bei dir!"

An seiner Reaktion habe ich erst erkannt, wie sehr er Mutti geliebt haben musste, obwohl er nie etwas Derartiges von ihr zurückbekommen hatte. Sie hatte ihn abgewehrt, ihn nicht mehr geliebt. Warum? Woher bitte soll ich das wissen? Was war geschehen in der Ehe meiner Eltern?

In dieser Nacht blieben wir bei ihm, denn schon wieder hatte ich höllische Angst um ihn!

Am nächsten Morgen, dem Feiertag „Allerheiligen", rief ich den Bestatter an, er kam und Paps bat mich, ihm in allem zu helfen, was jetzt auf ihn zukam. Selbstverständlich half ich ihm und war bei ihm!

Trotz allen Ärgers und der Streitigkeiten meiner Eltern war ich nicht weggezogen! Jetzt wusste ich, warum!

Paps wählte ein Einzel-Reihen-Grab für Mutti. Seine Entscheidung! In der Hinsicht konnte ich ihn nicht beeinflussen!

Am 6. November um 12.00 Uhr wurde sie beerdigt. Für uns war es schon schlimm genug – aber wie musste sich meine Omi fühlen, ihre angenommene Tochter, die sie großgezogen hatte, auf ihrem letzten Weg zu begleiten? Muttis leibliche Mutter war sehr früh aufgrund eines Blinddarmdurchbruchs gestorben und mein Opa hatte dann ihre Schwester geheiratet und weitere Kinder mit ihr bekommen. Manfred und Mutti waren aus der ersten Ehe. Marlies, Ulrich und Edelgard aus der zweiten.

Für uns alle war es ein Schock, aber für Daniel am meisten! Seine Omi hatte seit 1993 auf ihn aufgepasst, mit ihm gespielt, für ihn gekocht, ihn zum Kindergarten gebracht und wieder abgeholt. Immer wieder hörte ich dann: „Mami, du wirst doch nicht auch krank, oder?" Er fürchtete, mich auch zu verlieren.

Ich nahm ihn in den Arm und sagte: „Nein, solange Gott es will, werde ich dich behüten, beschützen und bei dir sein!"

Gemeinsam besuchten wir regelmäßig Omis Grab, stellten Blümchen hin, und immer wieder meinte Daniel beim Abschied: „Tschüss, Omi, wir kommen wieder. Ich hab dich lieb!"

Zwischendurch erkundigte er sich auch, ob Omi wohl sein gutes Zeugnis sehen würde.

„Selbstverständlich", antwortete ich und meinte: „Sie ist jetzt sehr stolz auf dich!"

Vor Muttis Klinikaufenthalt hatte ich mich bereits um meinen Bruder und meinen Vater gekümmert, da sie nicht mehr in der Lage war, für die beiden zu kochen. Paps hatte mir das verraten. So bin ich dann hinauf zu ihr und habe sie gefragt. Unter Tränen hatte sie mich dann gebeten, für die beiden zu kochen. Wenn sie nur einen Kochtopf sehen würde, würde sie sich schon übergeben müssen.

Von da an hatte ich dann alle versorgt. Dreimal täglich fuhr ich nach ihrer stationären Aufnahme zu meiner Mutter und versuchte, ihr beizustehen. Nebenher versorgte ich zwei Haushalte, übernahm die Pflege meines kranken Bruders und vergaß, dass ich auch noch da war. Ich nahm zwanzig Kilo ab und fühlte mich nur noch kaputt.

Von nun an änderte sich sehr viel für uns. Mir blieb weniger Zeit nach der Arbeit, weil ich für Opi kochte und meinen Bruder nachmittags auffing, wenn dieser von der Behindertenwerkstatt nachhause kam. Nur eines vergaß ich in dieser Zeit nie, nämlich meinem Sohn weiterhin die Aufmerksamkeit, das Verständnis und die Liebe zu geben, die er vor dieser Zeit von mir bekommen hatte. Und das merkte er auch. Trotz Stress übte ich in Ruhe mit ihm die Vokabeln für eine bevorstehende Latein- oder Englischarbeit und half ihm bei den Schularbeiten.

Sein Opi war schon immer sein Vorbild gewesen, und er unternahm mit ihm auch Motorradtouren oder bastelte mit ihm in seinem Keller. Äußerte Dani einen Wunsch – Opi machte es meistens möglich. Auf der anderen Seite nahm sich Daniel aber auch immer Zeit, wenn Opi einmal einen Wunsch hatte.

Die Termine zur Kontrolle beim Zahnarzt mit Daniel waren mir stets sehr wichtig. Obwohl ihm in der Zeit der Grundschule wegen der Lücke zwischen seinen Schneidezähnen eine Spange prophezeit worden war, brauchte er diese doch nicht. Aber seine schönen Zähnchen wurden jetzt regelmäßig kontrolliert und auch versiegelt. Auf Zahnpflege hat er schon immer sehr viel Wert gelegt.

Dazu gesellten sich noch die ständigen Untersuchungen seiner Hüfte, die er nie mochte. Aber ich als Mutter musste mich gegenüber dem Versorgungsamt rechtfertigen können. So musste er von Jahr zu Jahr immer wieder die gleichen Prozeduren durchstehen.

In der Schule konnte so mancher Sportlehrer nicht verstehen, dass Daniel diese Behinderung hatte. Durch persönliche Gespräche und Briefe zur Aktenlage war dann mal wieder Ruhe. Kam ein anderer Lehrer, fing aller Erklärungsbedarf wieder von vorn an. Wie bereits in der Grundschule!

Auch dort hatte ich eines Tages meinen Sohn vermisst. Ich wollte ihn abholen. Wo steckte er? In der Turnhalle! Seine Sportlehrerin hatte ihm Fördersport verordnet, ohne es vorher mit mir abzusprechen! Aber das hatte sie – nach einer sofortigen Unterredung mit mir – sofort bereut!

Ja, Daniel hat eine Beinverkürzung und kann sein rechtes Bein nicht richtig belasten. Konnte es keiner verstehen? Er darf nicht springen, lange Wegstrecken laufen, hopsen oder Ähnliches. Nein, man verstand es nicht! Schließlich lief er auf seinen eigenen Beinen! Was sollte da schon großartig sein?

Aber heute geht es uns auch noch so!

Sport war jetzt auch wieder ein Pflichtfach – und was bekam Daniel für einen Langstreckenlauf? Eine 6!!

Erscheint diese Zensur auf seinem Zeugnis, bin ich wieder in der Schule!

Daniel will sich in allen Fächern beweisen! Er ist übergewichtig, auch daran arbeiten wir! Das heißt aber immer noch nicht, dass er nicht will!! Er kann nur nicht so wie andere! Und andere können, aber wollen nicht!

Am 15. Dezember 2003 starb Hans, Käthis Mann, nach einer schweren Operation. Wir fuhren zur Beerdigung am 18. Dezember um 9.00 Uhr, und die Familie von Käthis Schwiegertochter erschrak, als sie Paps sah, denn er war so dünn geworden.

Am 26. Januar 2004 verstarb Elkes Mutter, die dann am 30. Januar beigesetzt wurde. Sie und ihr Mann waren stets füreinander da gewesen. Immer wieder wird ein Mensch plötzlich aus dem Leben gerissen.

Nun war Fritz allein. Aber immer noch ist Elke für ihn da.

Am 14. Mai verschied Lotti, die Tür an Tür mit meinen Eltern zusammen mit ihrem Mann Walter wohnte. Sie wurde fünf Tage später beigesetzt.

Wann hörte das je auf?

Uwe hielt sich nach Mutters Tod bei mir auf. Seine „große Schwester" versorgte ihn mit allem, bis er abends mit meinem Vater in die elterliche Wohnung ging, um dort zu schlafen. Paps versorgte ihn morgens mit Frühstück und nach der Werkstatt kam Uwe wieder zu mir. Nach meiner Arbeit kaufte ich ein und fing an, das Essen für meinen Vater vorzubereiten. Ich versuchte, ihn mit seinen Lieblingsspeisen und mit Wildbraten zu verwöhnen. Er schlemmte mit Wohlgenuss alles weg, er fühlte sich wohl und es schmeckte ihm sehr! Er lobte mich und wusste dann, dass Mutter mir nie die Gelegenheit gegeben hatte, das zu zeigen, was ich konnte.

Ich half Paps oben im Haushalt, wusch und bügelte seine und Uwes Wäsche, wobei ich meine eigene Wohnung aus Zeitmangel manches Mal vernachlässigte.

Nachdem mein Vater einen Hinterwandinfarkt und ein paar Jahre später einen leichten Schlaganfall erlitten hatte, sorgte ich mich ständig sehr um ihn. Aus diesem Grunde bekam er ein Handy. Er fuhr Motorrad, zuletzt eine Honda Deauville. Er musste Marcumar einnehmen, um seine Durchblutung zu sichern. Demnach war er Bluter. Jede kleine Verletzung hieß ein langer Kampf gegen die Blutung, ob er sich beim Rasieren oder anderswo verletzte.

Paps hatte während des Schlafes Atemaussetzer, musste einige Nächte in Schlaflaboren verbringen, und man verordnete ihm auch noch ein CPAP-Gerät, um die Versorgung seines Körpers mit Sauerstoff sicherzustellen.

Da mir bewusst war, dass er nicht mehr lange bei uns sein würde, ermöglichte ich dem Naturverbundenen alle Freiheiten. Nach meiner Arbeit nahm ich Uwe bei mir auf, damit Paps mit seinem Motorrad fahren konnte, ohne auf die Uhr schauen zu müssen. Gleichzeitig dankte er mir meine Arbeit mit Einkäufen, die er für mich tätigte, da mir dazu die Zeit fehlte, oder er schenkte mir zwischendurch immer wieder Blümchen.

Nun waren wir zu viert, und mein Sohn akzeptierte es auch, da ich immer bestrebt war, ihm die Aufmerksamkeit zu schenken, die er vorher von mir bekommen hatte.

Ein ums andere Mal musste Paps ins Krankenhaus, sodass Uwe auch bei uns übernachtete und ich ihn morgens für die Arbeit in der Behindertenwerkstatt fertig machte. Zwischen meinem Feierabend und Uwes Ankunft zuhause fuhr ich zu ihm in die Klinik.

Wir planten unsere Urlaube zusammen. Paps wollte den Hof in Großkönigs-förde einmal wiedersehen, auf dem er als Kind gespielt und wo er mit seinen Eltern, seinem Bruder Karl-Heinz und seiner Schwester Lisa in einem kleinen Häuschen hinter dem Haupthaus gelebt hatte. Dort war er auch zur Schule gegangen.

Ich telefonierte einige Adressen ab, bis ich schließlich an eine Familie verwiesen wurde, die eine Ferienwohnung freihatte. Auf meine Frage, ob sie den Hof Nissen kennen würden, erhielt ich die Antwort, dass dies der Hof sei, auf dem wir dann unseren Urlaub verbringen würden.

Meist fuhren wir nach Schleswig-Holstein. Wir fühlten uns da sehr wohl, vor allem Paps tat die Seeluft gut. Unsere Vermieter Erika und Herbert Z. freuten sich schon sehr, wenn wir wiederkamen. Und wir sahen dieser erhol-samen Zeit frohgemut entgegen, die wir mit ihnen dort verleben konnten. In der unmittelbaren Nähe unserer Unterkunft befindet sich der Nord-Ostsee-Kanal, ehemals Kaiser-Wilhelm-Kanal, an dem wir immer wieder begeistert die großen Luxusschiffe und riesigen Frachter beobachtet haben.

Paps sah dann seine früheren Schulkollegen wieder, wie zum Beispiel Georg S., der aber leider mittlerweile auch verstorben ist. Wir lernten dessen Frau Ilse kennen, mit der ich nun immer noch in Kontakt stehe. Außerdem gab es noch Günter K., mit dem mein Vater die Schulbank gedrückt hatte.

Wir konnten beobachten, wie kleine Kälbchen geboren wurden, hörten nachts das Bölken der Mütter, da sie von den Junggeborenen getrennt werden mussten, bekamen jeden Morgen frische Milch, lernten alle Kinder und Enkelkinder von Erika und Herbert kennen und machten viele neue Bekanntschaften.

Uwe und das Motorrad waren stets dabei, weil mein Vater meinen Bruder nicht in eine Kurzzeit- oder Verhinderungspflege geben wollte. So fuhr Paps tagsüber durch die Landschaft, während ich mich um meinen Sohn und um Uwe kümmerte einschließlich Versorgung und Pflege, das heißt zum Zähneputzen anleiten, ihn rasieren und komplett duschen oder baden, ankleiden. Die Pflege, die ich bei ihm auch zuhause durchführte.

Aber ich habe es gern für meinen Vater getan.

Uwe seinerseits wollte nicht an die Luft, saß meist nur drinnen und schrieb Zahlen und Buchstaben in seine Bücher. Kurze Hosen und ärmellose T-Shirts verweigerte er. Weil ständig jemand seine Betreuung sichern musste, kam ein abendliches Ausgehen nicht infrage. Oder wir nahmen ihn mit – nur dann hätte ich manchen Leuten wegen der Blicke, die sie ihm zukommen ließen, irgendetwas Böses gewünscht.

Trotzdem genossen wir die Zeit des Urlaubs, weil wir doch irgendwie dem Alltag entfliehen konnten.

Dann ein erneuter Schock. Der Vater meiner besten Freundin verstarb am 7. September 2004. Er war wie ein eigener Papa zu mir gewesen. Wenn ich ihn besuchte, nannte ich ihn immer „Papili". Er hatte mich stets zuhause bei sich aufgenommen, als wäre ich auch eine seiner Töchter. Gitti und ihre Schwester Eva hatten ihn in Wechselschicht nach dem Tod seiner Frau gepflegt. Die

Nachricht seines Todes machte mich sehr traurig. Sieben Tage später wurde er um 9.00 Uhr beerdigt. Seine altengerechte Wohnung musste gekündigt und aufgelöst werden.

2004 waren wir zwar schon in den Oster- und Sommerferien in Großkönigsförde gewesen, und zu den Herbstferien machte ich den Vorschlag, dort doch noch einmal hinzufahren. Mein Vater freute sich. Wieder wurde an dem Tag, als wir packten, das schwere Motorrad auf den eigens dafür angeschafften Hänger gehievt und festgezurrt. Instinktiv hatte ich ein schlechtes Gefühl, was meinen Vater betraf, und ich fürchtete, dass dies sein letzter Urlaub sein würde, den er mit uns verlebte. Deshalb wollte ich mit ihm noch einmal seine alte Heimat besuchen. Er hatte in der Zwischenzeit so viel an Gewicht verloren und auch seine ständige Luftnot gab mir Grund genug zur Sorge. Auf meine Fragen dahingehend antwortete er immer: „Ist doch gut so, dann brauch ich nicht immer so viel eigenes Gewicht hoch in den vierten Stock zu schleppen!"

Da wir immer über alles reden konnten, fragte ich ihn auch nach seinem Stuhlgang.

Es wäre alles in Ordnung, kam als Antwort.

Trotzdem waren bei ihm Polypen im Darm festgestellt worden. Aber durch den Tod meiner Mutter hatte er die Operation immer wieder verschoben. Ob das der Grund war?

Aber er befand sich doch ständig unter ärztlicher Kontrolle.

Überhaupt hatte ich an jedem Silvester Angst. Angst, was das kommende Jahr bringen würde.

So fuhren wir zum dritten Mal in diesem Jahr in Urlaub.

Am 8. November musste er dann wieder ins Krankenhaus. Er litt unter unerklärlichen Schwindelanfällen. Die Untersuchungen, die dort mit ihm gemacht wurden, waren ohne Ergebnis. In dieser Zeit besuchte ich ihn – wie immer – jeden Tag. Versorgte ihn mit allem, was er brauchte. Aus dieser stationären Behandlung wurde er am 16. November wieder entlassen.

Zu Weihnachten schenkte ich Paps echte Sitzbezüge für sein neues Auto, das er sich im September 2004 gekauft hatte. Sie wurden in der Werkstatt aufgezogen. Dazu musste ich eine Notlüge zu Hilfe nehmen. Ich erzählte ihm, dass meine Arbeitskollegen den neuen Wagen gerne einmal sehen würden, und müsste danach noch einkaufen fahren, sodass es wohl etwas später werden könnte. Die Felle waren bestellt, der Termin mit der Werkstatt gemacht. Die Überraschung war gelungen und diese kleine Notlüge hat er mir mit Freude verziehen. Er konnte gar nicht glauben, dass ich auf solche Ideen kam, um ihm endlich seine Autofelle zu ermöglichen.

Wie jedes Jahr feierten wir Weihnachten zusammen, ich schrieb an all unsere Lieben wieder Karten, wir telefonierten, und wir machten es uns schön.

Am Silvesterabend nahm mein Vater mich in den Arm, bedankte sich bei mir für alles, was ich für ihn und Uwe getan hätte, aber vor allem dafür, dass ich ihn immer wieder bei sämtlichen Krankenhausaufenthalten jeden Tag besucht hätte. Er hatte Tränen in den Augen, denn meine Mutter hatte ihn <u>nicht einmal</u> im Krankenhaus besucht.

Im Frühjahr 2005 ließ er kurz entschlossen seine Wohnung renovieren, kaufte sich neue Lampen für das Wohn- und Esszimmer, räumte sämtliche Schränke auf, schmiss alles weg, was er nicht mehr brauchte, und freute sich auf das schöne Wetter, damit er wieder mit seinem Motorrad fahren konnte. Aber ich wurde daraufhin immer nachdenklicher.

Uwe hatte ich bereits bei mir über eine Erkältung hinweggebracht, der über ein Wochenende mit einer schlimmen Bronchitis das Bett hütete. Ich fuhr mit ihm zum Arzt, versorgte ihn mit seinen Medikamenten, kochte ihm Tee und ein frisches Hühnersüppchen, das ich ausgepult und abgekocht hatte. Bei solchen Kindern sind diese Infektionen viel schlimmer als bei uns.

An einem der darauf folgenden Wochenenden erwischte es meinen Sohn und mich. Sonntags morgens bekam ich dann von meinem Vater eine SMS über das Handy mit den Worten: „Ich auch Grippe!" In diesem Moment wusste ich noch nicht, dass es die letzte SMS an mich sein sollte!

Montags wollte ich mit meinem Sohn zum Arzt, als der Anruf meines Vaters mich erreichte, dass ich ihm doch bitte einen Krankenwagen bestellen solle. Ich lief – so geschwächt, wie ich selber war – in die obere Etage hinauf und fand meinen Vater total übermüdet und nach Luft schnappend vor. Mit ihm wartete ich auf den Krankentransport.

Diesmal konnte ich ihn nicht begleiten. Es sollte das letzte Mal sein, dass ich mit ihm gesprochen habe. Ich weine heute noch, wenn ich an diesen Tag zurückdenke.

Nach unserem eigenen Arztbesuch rief ich dann in der Klinik an und erkundigte mich nach seinem Befinden. Mir wurde gesagt, dass es ihm so weit gut gehe und ich mir keine Sorgen machen solle. Nachmittags kam dann der Anruf aus dem Krankenhaus, dass sie ihn in einen künstlichen Schlaf versetzt hätten und er sich nun auf der Intensivstation befinden würde. Er hatte durch eine Lungenentzündung Wasser in der Lunge, musste über einen Tubus beatmet werden und fieberte.

Wie oft hatte ich schon solche Angst um meinen Vater gehabt?!

Sofort fuhr ich zu ihm! Wieder war ich ein- bis zweimal pro Tag bei ihm. Da mein Sohn noch zu jung war, wurde ihm nicht erlaubt, seinen Opa auf der Intensivstation zu besuchen.

Da lag nun mein Vater, wie meine Mutter anderthalb Jahre zuvor, hilflos und um sein Leben kämpfend vor mir und ich konnte nicht helfen.

Die Ärztin fragte mich an diesem Tag noch, wie er denn so zuhause sei. Ich sagte ihr, dass er nach Mutters Tod für mich einkaufen fahren würde, er die Natur liebe und gern unterwegs sei. Auf alles, was ich ihm Hoffnungsvolles sagte, bewegte er den Kopf hin und her. Ich hätte es wie ein „Nein" deuten können, nur ich schob es auf Rückenschmerzen, da er nie lange auf dem Rücken liegen konnte.

Ich fuhr wieder nachhause in der Hoffnung, dass er bald wieder auf die Normalstation verlegt und auf neue Medikamente eingestellt würde, bevor er dann wieder Motorrad fahren könnte. Paps hatte schon so viel überstanden, das würde er jetzt auch schaffen.

Dunkelblaue Bettwäsche hatte er sich immer gewünscht. Ich hatte sie ihm gekauft und durchgewaschen. Es sollte auch wieder eine Freude für ihn sein.

Am 7. März 2005 bezog ich morgens seine Betten mit dieser Bettwäsche, saugte seine Wohnung und putzte Staub, mich schon auf sein überraschtes Gesicht freuend. Zufrieden ging ich wieder runter in meine Wohnung und plante in Gedanken den Tagesablauf. Mein Telefon schellte, und als ich den Grund des Anrufs hörte, konnte ich nur noch schreien!

# Paps lebte nicht mehr!

Die Ärztin sagte mir am Telefon, dass er nach einer morgendlichen neurologischen Untersuchung plötzlich einem Herzstillstand erlegen sei. Ja, so mancher macht sich darüber seine Gedanken!!! Ich auch!!! Waren die lebenserhaltenden Maschinen abgeschaltet worden?

Dabei hatte der Pfleger mir noch versichert, dass sie ihn wieder „hinkriegen" würden. Er würde jetzt langsam aus dem künstlichen Schlaf geholt, das Fieber sei auch bald weg, und dann könne er auf die Normalstation verlegt werden. Paps hatte Herzrhythmusstörungen, nur noch ein halbes Herz und durfte aufgrund dessen nie reanimiert werden. Nur das wurde er dort! Die Akte lag dieser Klinik vor! In dieser Klinik wurde das angeordnet!

So hatte er wohl währenddessen einen erneuten Schlaganfall bekommen.

Auf die Frage, ob man ihn obduzieren solle, antwortete ich mit einem bestimmten „Nein"! Gleichzeitig stellte ich eine Gegenfrage: „Können Sie ihn mir damit wiedergeben?"

Als ich ihn zum letzten Mal sehen durfte und mich von ihm verabschieden musste, konnte ich es nicht glauben. Er lag so friedlich da, aber irgendwie doch so, als hätte er sehr kämpfen müssen. Ja, er hatte sein Leben lang kämpfen müssen: mit sechzehn Jahren von Schleswig-Holstein ins Ruhrgebiet, um unter Tage zu arbeiten, seine junge Familie versorgen und dann noch ein krankes Kind. Später bezweifelte er sogar, dass Uwe sein Kind sei. Dann die Umzüge, die neuen Arbeitsplätze, die ständige große Verantwortung seiner Familie gegenüber. Er hat viel in seinem Leben gearbeitet, zu viel! Aber trotzdem wurde er von meiner Mutter wie ein kleiner Junge behandelt.

Das war er aber nicht! Er wusste sich nur nicht gegen sie zu wehren, bis er sich wegen der ganzen Angriffe ihrerseits verhaltensmäßig änderte. Er setzte sich mehr zur Wehr. Und das wiederum war nun auch nicht richtig!

„Sollen wir uns jetzt noch trennen?", hatte er mich ein ums andere Mal gefragt.

Alles schoss mir nun durch den Kopf! Aber auch alles!

Er hatte sich doch so sehr auf das schöne Wetter gefreut. Was sollte jetzt werden? Wie sollte es weitergehen? Auf diesem Weg hat mich meine lang-jährige Freundin Gitti begleitet, die mir mit ihrer Stärke zur Seite stand. Sie meinte: „Jetzt sind wir beide Vollwaisen!", und nahm mich in den Arm.

Nichtsdestotrotz wusste ich immer noch nicht, wie es weitergehen sollte. Uwe, Papas Wohnung, sein Motorrad, sein Auto ... Was passierte damit?

Wir fuhren zu mir nachhause, ohne zu wissen, wie ich das meinem zu der Zeit dreizehnjährigen Sohn sagen sollte, der gerade an diesem Tag eine La-teinarbeit in der Schule geschrieben hatte und jeden Moment zur Tür herein-kommen würde! Gitti sagte es ihm, weil ich unfähig war, ihm diese Nachricht beizubringen! Er weinte und schrie: „Nein, nicht <u>mein</u> Opi!"

Es stand einmal mehr sehr viel Arbeit vor mir, aber vor lauter Trauer wusste ich nicht, wo ich anfangen sollte. Und im Grunde stand ich mit allem allein da.

Aber ich hatte meinen Sohn. Er half mir mit allem! Trotz seiner Trauer absolvierte er weiterhin seine Schule und wollte mir nur Freude bereiten! Wo findet man heutzutage noch so ein Kind! Ich danke Gott, dass er mir diesen Jungen geschenkt hat!

Paps wurde am 11. März beigesetzt. Wir waren doch so ein eingespieltes Team, warum war er von uns gegangen? Auf seinem letzten Weg begleiteten ihn fast die gesamte Hausgemeinschaft, seine Geschwister mit Ehegatten, die Erkrather, gute Freunde wie auch ehemalige Arbeitskollegen und unsere kleine „Restfamilie".


Daniel wurde am 14. März vierzehn Jahre alt – ohne seinen Opi!

Im April stand seine Konfirmation an – ohne seinen Opi!

Wie sollten wir das alles überstehen?

Und ganz plötzlich hatte ich <u>keine Familie mehr</u>!!!

Diejenigen, die ich meine, riefen dann mal zwischendurch zu den Geburts-tagen an und fragten, wie weit wir wären. Früher hatten sie ihn alle in den Arm genommen, gefragt, wie es ihm gehe, auch wenn sie die Antwort nicht verstanden hatten. Nur gegenüber meinen Eltern, um gut dazustehen??? Wie falsch!

Jetzt lebten unsere Eltern nicht mehr, und keiner kann sich an Uwe noch erinnern!

Auf meine Frage, wann sie denn mal die Gräber meiner Eltern besuchen wollten oder ob sie mir Uwe mal für zwei Tage am Wochenende abnehmen könnten, bekam ich eines Tages die Antwort, dass sie ja abgeholt werden müssten und dass sie diesen „Idioten" doch nicht mehr nehmen würden, denn das hätten sie schon oft genug gemacht, wenn meine Eltern hätten verreisen wollen. Außerdem wurde mir an den Kopf geschmissen, ich sei ja wohl am Tod meiner Mutter schuld. Wie bitte, warum?

Ich verstand die Welt nicht mehr!

Nie in meinem Leben hätte ich irgendetwas getan, um einem anderen Menschen wehzutun! Wie kamen diese Menschen auf solche Behauptungen? Was hier wirklich ablief, wusste keiner!!! Nur wir!

Aber das ist wieder das, was ich immer sage: „Vor Inbetriebnahme des Mundwerks, Gehirn einschalten!" Oder: „Man sollte immer zwei Seiten hören, um sich ein Urteil bilden beziehungsweise erlauben zu können!"

Von der Verwandtschaft seitens meiner Mutter kam überhaupt keine Reaktion, keine Frage, wie das nun mit Uwe weitergehen sollte. Geburtstagskarten zu Daniels Geburtstagen kamen zwar, weil ja eine Patenschaft bestand, aber meist mit Todesnachrichten darauf oder Mitteilungen, dass meine Oma wegen ihrer Demenz im Heim aufgenommen wurde. In welchem Heim? Hatten wir eine Adresse? Die wurde uns nicht genannt!

Vielleicht sollten wir sie gar nicht mehr besuchen!!

Wer hat je nach _uns_ gefragt?


Mein Tag hätte immer 48 Stunden dauern müssen, um mich in dieser Zeit, die für uns schon schwer genug war, überhäuft mit Terminen neben Beruf, Schule und Uwe, auch noch um die Belange dieser Familienangehörigen zu kümmern. Viele von ihnen befanden sich schon im Ruhestand und hätten viel mehr Zeit gehabt als ich, mal anrufen, vorbeikommen oder vielleicht auch bei Paps Wohnungsauflösung helfen können. Aber heute will das ja keiner mehr einsehen! Keiner hat die Schuld! Ich auch nicht!

Und wenn ich ganz ehrlich bin: Was soll ich mit einer Familie, die mir in meiner allerschlimmsten Zeit nicht zur Seite stand? Diese Menschen brauche ich jetzt auch nicht mehr! Den Rest schaffe ich auch noch!

Wie heißt es so schön: Freunde kann man sich aussuchen, die Familie nicht!

Unser Sorgenkind Uwe nahm ich ganz zu mir. Daniel teilte sein Kinderzimmer mit ihm. Er ließ alles klaglos über sich ergehen, weil er genauso wie ich den Rest unserer Familie zusammenhalten wollte. Ich führte nicht nur weiter Uwes Pflege durch, das heißt ihn vollständig waschen oder baden, seine gesundheitlichen Einreibungen einhalten, frische Wäsche bereithalten und vieles mehr, sondern übernahm auch die Betreuung vor Gericht für ihn.

Er wollte vieles nicht, da er die „Freiheiten" bei meinen Eltern gewohnt war! Aber ich ließ nichts durchgehen und beobachtete alles, was ihm natürlich nicht passte! Diese Betrügereien, die er gegenüber meinen Eltern angewandt hatte, konnte er mit mir nicht machen! Er gewöhnte sich daran und fand es dann schön, wenn er seinerseits nachgegeben hatte und ich ihn dafür lobte! Das alles kostete sehr viel Kraft und Nerven für meinen Sohn und mich!

Konnte es noch schlimmer kommen? Irgendwann musste ich mit meinem Sohn doch einmal zur Ruhe kommen!

Der Papierkrieg nahm kein Ende! Jeder Brief war ein Horror und sofort zu beantworten! Außerdem hatte ich – wenn auch verspätet – Papas Wohnung gekündigt, und mir wurde ein Termin genannt, an dem die Wohnung leer sein müsste. Zudem wurde die Wohnung von der Wohnungsgesellschaft „abgenommen". Das heißt, dass alles Mögliche beanstandet wurde. Mit sehr viel Liebe, Mühe und Eigeninvestitionen hatte Paps die Decken in seiner Wohnung mit Holzpaneelen getäfelt, die gesamte Wohnung mit schönen Bodenfliesen versehen. Er hatte ins Bad eine Dusche eingebaut, wo vorher eine Badewanne stand. Die Toilette hatte er nach seinem Geschmack gefliest und entsprechend dazu farblich abgestimmt die sanitären Anlagen, wie Toilettentopf und Waschbecken, angebracht. Dies alles in den 34 (!) Jahren, in denen meine Eltern dort gelebt hatten.

Mir als letzter Hinterbliebenen – für Uwe musste ich ja mitentscheiden – wurde nun auferlegt, alles wieder in den Urzustand von 1971 zurückzuversetzen. Das heiß, alle Fliesen und Holzdecken sollten wieder herausgerissen werden. Die Tapeten mussten runter, die Toilette wurde neu gefliest und ins Bad kam die alte Badewanne. Und das alles auf meine Kosten. Zwar hatten mein Bruder und ich etwas geerbt, aber was an Umbaukosten auf uns zukam, überstieg alles.

Um Kosten zu sparen, haben mein Sohn und ich mithilfe der beiden Nachbarskinder Thomas und Dagmara alle Tapeten abgerissen, sie in Säcke gestopft und zur Müllkippe gebracht, wo sie abgewogen wurden und auch noch Kosten verursachten. Alles andere wurde von Firmen gemacht, die mir von der Wohnungsbaugesellschaft empfohlen wurden und von denen ich dann anschließend die dicken Rechnungen bekam.

Uwe konnte uns nicht dabei helfen, sodass er entweder mit rauf in die elterliche Wohnung kam, auf einem Stuhl saß, schrieb und uns zuschaute, oder Daniel ging runter zu uns und passte auf ihn auf, da er ständig unter Beaufsichtigung sein musste.

Ich ging durchgehend weiter arbeiten, war für meinen Sohn da, kümmerte mich um Uwe, beantwortete die eingehende Post, musste bei Gericht vorstellig werden, kündigte alles, was Paps betraf, war nachmittags mit der Auflösung seiner Wohnung beschäftigt – und war mit allem allein! Hätte ich in dieser Zeit meinen Sohn nicht gehabt, würde ich heute nicht mehr leben! Er nahm mich in den Arm, tröstete mich, wenn meine Kraft schwand. Trotz allem, was bei uns geschah, blieb er ein überdurchschnittlich guter Schüler. Er schien einen Schalter zu besitzen, den er betätigte, sobald er die Schule betrat. Seine eigene Aussage! Wie oft habe ich ihn in dieser schweren Zeit bewundert! Aber er wusste auch, dass sein Opi es sah, welche Leistungen er trotz aller Widrigkeiten schaffte. Und dieser wäre oder war – und ist – stolz auf ihn.

Außerdem standen mir mein Onkel Karl, seine Frau Elke, Käthi mit ihrem Sohn und Familie, Brigitte und Wolfgang, Dagmara und meine Arbeitskollegen mit sehr viel Mitgefühl und Verständnis zur Seite. Wenn auch nur einige telefonisch, aber sie waren da, wenn ich geweint habe und nicht mehr weiterwusste.

Sollte ich jetzt jemanden vergessen haben, möge er mir dieses bitte verzeihen.

Die Wohnung stand noch etwa drei Monate leer, bis eine junge Familie in Papas Wohnung einzog. Warum hatte ich dann vorher so viel Stress und Sorgen? Die direkten Nachbarn berichteten mir dann, dass die neuen Bewohner sich das sehr schön gemacht hätten. Ich aber war nicht in der Lage, noch einmal diese Wohnung zu betreten. Alles tat mir weh. Dort hatte ich mit meinen Eltern und meinem Bruder ungefähr neun Jahre bis zu meinem Auszug gelebt!

Papas Motorrad und den neuen Hänger habe ich verkauft. Es war sein ganzer Stolz und ein Stück Freiheit für ihn gewesen. Als es in den mit dem Hänger versehenen Transporter geschoben wurde und vom Hof fuhr, weinte ich nur.

Meinen schwarzen Sportwagen gab ich ab und übernahm den größeren Familienwagen meines Vaters. Dort konnte Uwe ohne Probleme ein- und aussteigen, da er doch sehr unsicher und wackelig auf den Beinen war. Immer wieder denke ich heute, dass Paps mit dem Wagen so viel Freude gehabt hätte. Besonders, weil seine Autos ihm vorher so viele Probleme bereitet hatten. Von irgendwo hatte er mich dann immer angerufen, wenn sein Wagen nicht mehr wollte. Ich informierte anschließend einen Automobilklub und fuhr zu ihm, um ihn abzuholen. Auch sein Parkplatz bei uns am Haus wurde mir auf Antrag überschrieben. Nun kümmere ich mich um das von ihm dort angelegte kleine Gärtchen. In jedem Frühjahr blühen da Osterglocken, Tulpen und vieles mehr. Immer wieder eine schöne Erinnerung an Paps, denn diese Blumenzwiebeln hat er gesetzt.

Die Zeit verging, und ich hatte immer nur mit dem Gedanken alles bewältigt, dass sich doch irgendwann alles wieder beruhigen müsste. Es hat lange gedauert, aber dann nahmen die Postberge ab. Ich schöpfte wieder Hoffnung.

Zwischendurch beantragte ich für Uwe dann zusätzliche Betreuungskosten bei der zuständigen Pflegekasse. Nach einer Begutachtung durch den medizinischen Dienst, bei der Uwe nicht mehr sein Alter oder seinen Geburtstag wusste, wurde der Antrag positiv beschieden. Demnach konnte ich dieses Geld für die Unterkunftskosten bei einer Kurzzeit- bzw. Verhinderungspflege verwenden. Zwar waren dadurch nicht alle Kosten gedeckt, aber es half uns doch sehr.

Ende 2005/Anfang 2006 fing der Kindsvater an, den Unterhalt an meinen Sohn gar nicht oder nur teilweise zu zahlen. Ich bat meinen Rechtsanwalt um Hilfe, der aber seinerseits nicht eingreifen konnte, da die Beistandschaft immer noch beim Jugendamt lag. Diese hätte ich zwar seitens des Jugendamtes jederzeit aufheben können, aber im Klagefall müsste ich in diesem Fall alle Gerichts- und Rechtsanwaltskosten selber tragen. Mir wurde dann vom Jugendamt mitgeteilt, dass nur ein Drittel des gerichtlich festgesetzten Regelunterhaltes gezahlt werden könne, da das Einkommen nicht so hoch war. Die Ehefrau würde zudem nicht arbeiten gehen! Wieder Sorgen und Schreibkram!

Zudem entsteht seither ein Schuldenkonto des Kindsvaters. Mit seiner Volljährigkeit wird mein Sohn diese Schulden selbst einklagen müssen.

Am 10. Juni 2006 bekam ich eine SMS von Dagmara: „Mama ist tot"!

Sie war an diesem Tag im Hausflur tot aufgefunden worden. Auch für mich war es ein Schock! Ich nahm mein Mädchen in den Arm. Obwohl sie nicht mehr so viel Kontakt zu ihr gehabt hatte, weinte sie. Es war ihre Mutter!

Da weder Thomas noch Dagmara für die Bestattungskosten aufkommen konnten, weil die Kinder sich noch in der Ausbildung befanden, wurde alles über das örtliche Gesundheitsamt geregelt. Sie konnten ihre Mutter nicht mehr besuchen. Sie wurde verbrannt und ihre Asche in Holland verstreut. Wie viel Brutalität muss eine Familie noch aushalten? Ich habe versucht, der Familie beizustehen.

Trotz alledem haben beide Kinder ihre Ausbildung 2006 erfolgreich beendet. Und irgendwie bin ich als – teilweise – Außenstehende stolz auf sie!

Mit der Zeit merkten wir, dass Uwes Gesundheits- und Geisteszustand immer mehr abnahm. An manchen Tagen war er – für seine Verhältnisse – fit und ließ mit sich reden, dann wieder meinten wir, er wollte nicht hören oder konnte es nicht. Ich schob es auf sein Alter, denn als er geboren wurde, mutmaßten die Ärzte eine Lebenserwartung von höchstens zwölf bis fünfzehn Jahren. Nun war er bereits achtundvierzig Jahre alt. Doch eine Demenz, die diese Kinder in dem Alter entwickeln?

Ganz schlimm wurde es dann zu Weihnachten 2006. Er baute geistig so schnell ab, dass ich ihn nur hilflos beobachten konnte und auch Angst bekam.

Er wusste nicht mehr den Unterschied zwischen einer Türklinke und einem Lichtschalter, übersah an Neujahr die Zwischentür, stolperte und schlug dabei die Glasscheibe ein, sodass ich eine Woche mit einem großen Loch in der Tür leben musste, bis der Glaser mir eine neue Scheibe einsetzte. Aber Gott sei Dank hatte Uwe keine Verletzungen davongetragen.

Da er nachts einnässte, blieb mir an den Feiertagen nichts anderes übrig, als sein Bett neu zu beziehen und zu waschen. Jeden Tag musste ich Uwe erneut baden und einkleiden. Obendrein stand er nachts auf, stellte sich hin und ließ einfach alles laufen. Daraufhin stellte ich mir den Wecker, weckte ihn in der Nacht zum Toilettengang. Zu dieser Zeit hatte mein Sohn Ferien, Uwe und ich Urlaub.

Ich erinnerte ihn weiterhin an die Toilettengänge, leitete ihn zur Hygiene an, da dieser Punkt schon immer von ihm vernachlässigt worden war, doch nun vergaß er es entweder oder war einfach zu faul dazu. Dementsprechend sah dann auch seine Wäsche aus, die ich waschen musste.

Kurz entschlossen konsultierte ich mit ihm zwischen Weihnachten und Neujahr unseren Hausarzt. Dieser überwies ihn sofort zu einem Neurologen. Das war der Anfang einer langen Odyssee! Der Arzt befragte mich, weil Uwe ihm noch nicht einmal mehr sein Alter oder sein Geburtsdatum nennen konnte. Auf die Frage, wie es ihm gehe, antwortete er, dass er immer zur Arbeit in der Werkstatt fahre.

Die Frage, ob er schon mal epileptische Anfälle gehabt habe, verneinte ich. Seit Jahren bekam Uwe ein und dasselbe Medikament einmal täglich. Einen solchen Anfall hatte er noch nie.

Nun sollte er nach Anweisung des Arztes ein zusätzliches Präparat zur Hirnstärkung bekommen. Man könnte die Demenz meines Bruders eventuell etwas mindern, aber ein Aufhalten sei nicht möglich, meinte er.

Von da an gab ich ihm – wie vom Arzt vorgeschrieben – seine Medikamente mit der Hoffnung, dass ich vielleicht bald wieder meinen Bruder, so wie er sonst war, zurückbekam. Als ich aber merkte, dass er immer müde und kaputt von der Arbeit kam, fuhr ich nochmals zu diesem Neurologen und schilderte ihm die Problematik.

Dieser meinte dann, dass Uwe unbedingt von seinem ursprünglichen Medikament entwöhnt werden müsse. Außerdem sollte ich die neuen Tabletten absetzen. Er verordnete ihm dafür ein anderes Präparat, wovon er erst eine Woche lang täglich eine halbe Tablette nehmen sollte, danach jeden zweiten Tag eine halbe und darauf die Woche keine mehr. In dieser Woche sollte ich mich dann bei ihm melden, um zu sagen, wie es Uwe ginge.

Bei all dem Stress kam dann noch der Bescheid vom Versorgungsamt. Sie wollten unbedingt an Daniels Prozente wegen seiner Behinderung. Klar, dass ich eine Nachuntersuchung wegen der vielen Arbeit seit dem Tod meiner Eltern versäumt hatte. So nahm ich auch diesen Kampf noch auf. Ich schob irgendwie die Termine zur Hüftuntersuchung beim Orthopäden dazwischen. Dank Dagmara konnte ich die mir auferlegten Termine mit Daniel wahrnehmen. Sie passte währenddessen auf Uwe auf.

Ach, es ist so viel geschehen! Und immer wieder frage ich mich, auch während ich diese Zeilen schreibe, warum? Warum ich? Warum wir?

Die Bedingungen, heute zu überleben, sind so undurchschaubar geworden. Weshalb kann man nicht als ehrbarer Bürger, der sich nie etwas hatte zuschulden kommen lassen, in solchen Situationen entsprechend unterstützt werden? Warum gab es nach dem Tod der Eltern für mich oder uns keine Familie mehr? Ich werde es, solange ich noch lebe, nicht verstehen!

Man sagt es so einfach: „Das Leben geht weiter!" Ja, es ging weiter, aber anders!

Daniel nahm mir zum Teil die Toilettengänge mit Uwe ab. Er musste bei allem angeleitet werden. Ja, mein Sohn wollte mich entlasten! Dies ließ ich aber nur bis zu einem gewissen Grad zu. Denn er war doch noch ein Kind!

Heute denke ich oft über diese Situationen nach. Er war in seinem jungen Alter schon so verständig! Reichte meine Liebe zu ihm aus, um ihm diese Verhaltensweisen zu zeigen?

„Der Umgang formt den Menschen!", kommt mir in den Sinn.

Am 3. Februar besuchte ich mit meinem Sohn wieder die Gräber meiner Eltern. Wir freuten uns, denn die von mir Anfang des Jahres in Auftrag gegebenen

Grabsteine waren gelegt worden. Für beide ein offenes Buch mit den Namen und Daten. Zusätzlich waren die Grabsteine bei Paps mit seinen geliebten betenden Händen und bei Mutti mit einer Rose verziert.

Am Freitag, den 9. Februar 2007 bekam Uwe im Bus auf dem Weg zur Behindertenwerkstatt seinen ersten epileptischen Anfall. Da er angeschnallt in seinem Sitz saß, brach er sich durch diesen Krampfanfall das Becken, der Hüftknochen bohrte sich in das kleine Becken. Es wurde der Notarzt gerufen, und er kam zur Notoperation in eine Klinik, die zwar in unserer Stadt, aber doch so weit entfernt lag. Am anderen Ende der Stadt. Der Anruf erreichte mich erst mittags. Man hatte versucht, uns zuhause von dem Unglück zu unterrichten. Ich fuhr sofort nach der Arbeit zu ihm.

In einer Notoperation hatte man lediglich den Hüftknochen aus dem kleinen Becken gezogen und sein Bein mit einem Gewicht beschwert, damit es nicht mehr zu dem Bruch zurückrutschte. Dazu musste ein Gestänge durch Uwes Knie gebohrt werden, wo dann das Gewicht befestigt wurde. Er tat mir sehr leid, er war doch so hilflos.

Bei unserem ersten Besuch bei ihm begleiteten mich mein Sohn und ein langjähriger Bekannter meiner Eltern. Uwe sah das Kreuz der Gewichtsaufhängung vor sich und machte dieses Zeichen auf seiner Brust nach. Er wollte mir damit sagen, dass er bald sterben würde.

Ich konnte das nicht glauben und wollte es auch nicht! Alle anderthalb Jahre? Erst meine Mutter 2003, dann mein Vater 2005 und jetzt Uwe 2007? **Nein!**

Ich hatte nur noch Angst um ihn. Wer sollte Uwe verstehen? Keiner – nur ich! Ich habe Uwe mit seiner außergewöhnlichen Aussprache immer verstanden. Und meine Vermutung bestätigte sich!

Am Dienstag, den 13. Februar musste er auf die Intensivstation der Klinik wegen einer Lungenentzündung verlegt werden. Er hatte hohes Fieber entwickelt und wurde wie Paps in einen künstlichen Schlaf versetzt. Kurze Zeit später entschieden die Ärzte, ihn zur Beatmung an den Tubus und zur Entlastung der Lunge in ein Kippbett zu legen! In diesem wurde er festgeschnallt und in Kissen gebettet, damit er darin liegend nicht rausrutschen konnte. Für mich war der Anblick nicht neu.

Aber ich hatte immer gesagt, dass ich stets für alle da sein würde. Ich hielt in dieser ganzen Zeit mein Versprechen. Viele Formalitäten waren wieder zu erledigen und für Uwe zu unterschreiben. Als gerichtliche Betreuerin meines behinderten Bruders nahm ich auch diesen Kampf auf.

Wann würde mein Kampf im Leben wohl ein Ende haben? Warum stand ich mit allem allein da? Hatte ich nicht mal eine Familie? Oder hat sie sich zu Lebzeiten meiner Eltern nur so genannt? Hatten sie Uwe damals nur so nett behandelt, um den guten Schein gegenüber meinen Eltern zu wahren?

So manches Mal denke ich an meine Eltern zurück, vor allem an meinen Vater, wie er auf diese Reaktion seiner Familie und Mutters Familie reagieren würde. Da er vor mir die Betreuung von Uwe übernommen hatte, würde er jetzt bestimmt schon den dritten oder vierten Herzinfarkt bekommen haben.

Aber es geht ja noch weiter!

Es wird noch schlimmer!

Uwe wurde trotz des künstlichen Schlafs und der Beatmung über den Tubus am 23. Februar operiert. Seine Hüfte wurde mit Platten in einer langwierigen Operation wiederhergestellt. Da sich mittlerweile eine Arthrose in dieser Hüfte gebildet hatte, nahmen seine Schmerzen nicht ab. So wie ich Uwe bei meinen Besuchen immer wieder gesehen habe, hatte ich keine große Hoffnung mehr für ihn. Er schwemmte immer mehr auf, hatte überall Wasseranlagerungen. Da er durch seine vorliegende Erkrankung bereits eine Herzschwäche besaß, konnte ich unmöglich davon ausgehen, dass das sein Herz nicht belasten würde. Er bekam starke Schmerzmittel und auch Medikamente zur Entwässerung. Zusätzlich waren herzstärkende und kreislaufstabilisierende Infusionen notwendig. Immer wieder sackte sein Kreislauf ab, sodass – ohne mein Wissen – zwischenzeitlich auch reanimiert werden musste. Dieses erfuhr ich dann aber erst aufgrund der ärztlichen Berichte, die zu seiner Entlassung erstellt wurden.

Mehrfach in der Woche besuchte ich Uwe in der Klinik, konnte ihn nur streicheln und hoffen, dass er verstand oder bemerkte, dass mein Sohn und ich bei ihm waren. Vielfach fuhr ich auch direkt nach der Arbeit zu ihm, weswegen ich später zuhause bei meinem Sohn erschien. Immer öfter kam es vor, dass die zuständigen Ärzte sich freuten, mich zu sehen, da sie wieder eine Einwilligung in einen notwendigen Eingriff von mir haben wollten. Meine Unzufriedenheit, was den Informationsfluss zwischen der Klinik und mir in Bezug auf Uwe betraf, hatte ich zwischenzeitlich immer wieder gezeigt. Zum Beispiel als Uwe an dem Krankenhausvirus MRSA zusätzlich erkrankte und eine zweite – aus Sicht der Ärzte aber immer noch seine erste – Lungenentzündung entwickelte, erneut Fieber bekam und mich keiner benachrichtigte. Als wir Uwe besuchten, wurden wir ganz rüde darauf hingewiesen, dass wir doch Schutzkleidung anziehen sollten. Wir wussten nicht, warum. Bis wir dann endlich mitgeteilt bekamen, dass er aufgrund dieses Erregers isoliert worden sei. So auch als Uwe vom Tubus entwöhnt werden und einen Luftröhrenschnitt bekommen sollte, um eine bessere Sauerstoffaufnahme zu sichern. Ich wurde über etwaige Risiken aufgeklärt. Bei diesem Eingriff könnten zum Beispiel die Stimmbänder beschädigt werden oder er würde unter der Narkose wiederum einen Kreislaufkollaps haben, bei dem er auch versterben könne. Ich unterschrieb in Uwes Namen und hoffte, dass diese Situationen nicht eintreten würden.

Nach Aussagen der Ärzte war der Eingriff dann erfolgreich durchgeführt worden.

Als Uwe so langsam wieder aus dem künstlichen Schlaf geholt wurde, merkte ich aber an seiner Aussprache, dass der Eingriff doch nicht ohne Folgen geblieben war. Ich hatte zumindest die Vermutung. Die Stimme hörte sich dunkler an und durch den Verlust eines Teils seiner unteren Zähne, die wahrscheinlich durch das abwechselnde Positionieren des Tubus herausgefallen waren, hatte seine Aussprache deutlich nachgelassen.

Da ich mich nach den Vorkommnissen zu Weihnachten bereits um eine Heimaufnahme für Uwe gekümmert hatte, weil ich schon zu diesem Zeitpunkt nicht mehr wusste, wie ich das noch alles schaffen sollte, wurde ich von dem für Uwe zuständigen Kostenträger am 13. März zu einem sogenannten Clearinggespräch geladen. Nach Mutters Tod hatte ich ihn nun insgesamt über vier Jahre gepflegt. Nach Papas Tod hatte ich dann zusätzlich noch die Betreuung übernommen. Diesen Termin nahm ich trotz des kritischen Gesundheitszustandes meines Bruders wahr. Dafür und für den sechzehnten Geburtstag meines Sohnes am Tag darauf hatte ich mir Urlaub genommen. Es erfolgte eine begrenzte Kostenübernahmezusage des Kostenträgers.

Uwe wurde am 15. März nach einem langen Überlebenskampf, den er gewonnen hat, auf die Normalstation der Klinik verlegt. Aber in mir blieb die Angst, dass unsere Hoffnung durch eine erneute Lungenentzündung zerstört werden würde. Außerdem merkte ich bei jedem täglichen Besuch, dass das Pflegepersonal im Krankenhaus nicht mit so einem Menschen klarkam. Man hätte nur auf ihn einreden, ihn von einer Maßnahme, die gerade durchgeführt werden sollte, überzeugen müssen. Aber dazu fehlte den Schwestern in der Klinik die Zeit und sie brachten auch nicht die Geduld auf.

Am 22. März kümmerte ich mich darum, dass Uwe innerhalb der Klinik seine Haare geschnitten bekam. Ich musste ihm dabei den Kopf stützen, damit er im Liegen von der hausinternen Friseuse wieder einen angemessenen Haarschnitt erhielt. Wäre ich nicht dabei gewesen, hätte er sich dagegen auch

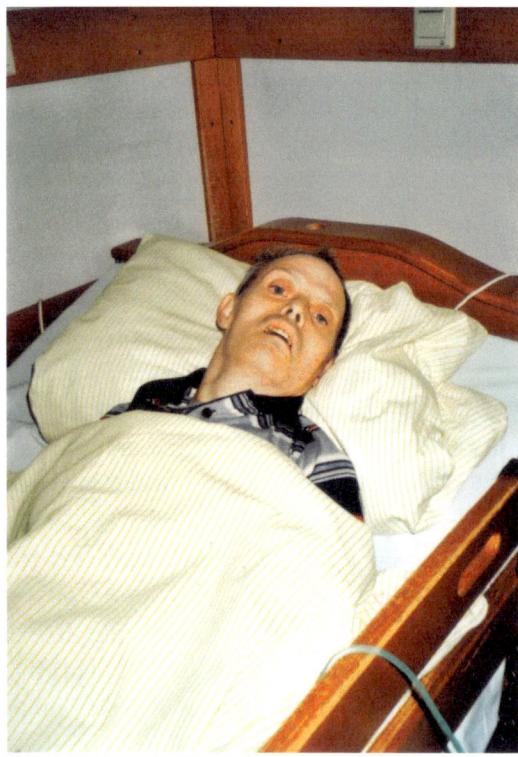

wieder gewehrt, aber zu mir hatte er Vertrauen. Uwe sollte doch vernünftig in die von den Ärzten angekündigte Rehabilitationsmaßnahme verlegt werden.

Nur wo sollte Uwe hin zur Rehabilitation? Keiner der Ärzte wusste das. Wo bringt man einen am Downsyndrom erkrankten Menschen hin?

Da ich bei allen Angelegenheiten sehr hellhörig und aufmerksam bin, kam mir diese Eigenschaft nun zugute. Bei dem Clearinggespräch wurde mir von der Leitung des Heimes, in dem Uwe schon zur

Verhinderungspflege untergebracht war, eine Reha-Klinik empfohlen. Ich wusste zu diesem Zeitpunkt aber noch nicht, dass es sich um eine Klinik ausschließlich für körperlich und geistig behinderte Menschen handelte. Da ich diese Informationen nun hatte, teilte ich dem Stationsarzt meine Meinung mit, und Uwe wurde mit dem Krankentransportwagen am 29. März dorthin verlegt.

Die Klinik liegt 72 Kilometer von uns entfernt. Einmal wöchentlich besuchten wir Uwe dort. Die Kilometer läpperten sich zusammen und die Tankstellen haben sich gefreut.

Für den Jungen war es wieder eine neue Umgebung. Mit viel Einfühlungsvermögen und Aufmerksamkeit schafften es die zuständigen Pflegekräfte, etwas Zutrauen zu und von Uwe zu gewinnen. Diese hoffnungsvolle Situation wurde aber wieder jäh zerstört. Er hatte sich bereits in der heimischen Klinik gegen alles gewehrt. Kam der Krankengymnast und wollte die Übungen machen, die Uwe ja nur helfen sollten, sagte er: „NEIN!" Ging es an die tägliche Grundpflege einschließlich Zahnpflege, schrie er: „NEIN!" Dies sind nur kleine Beispiele.

Am 6. April – Karfreitag vor Ostern – besuchten wir Uwe zum wiederholten Male in der Reha-Klinik. Mir wurde mitgeteilt, dass er wieder fieberte. Aufgrund eines intensiven Gespräches mit der zuständigen Ärztin, in dem ich ihr sagte, dass Uwe aufgrund seiner vorherigen Medikation von Antibiotika ein sehr schwaches Immunsystem habe und aus „einer Mücke einen Elefanten" machen würde, war diese so verunsichert, dass sie Uwe noch in unserem Beisein in die nahe gelegene Klinik einwies. Sie war mir sehr dankbar für meine Hinweise. Ich fuhr mit meinem Wagen hinter dem Krankentransport her, während mein Sohn Uwe begleitete.

Wieder neue Untersuchungen, eine fremde Umgebung, Menschen, die ihn nicht verstehen konnten – alles begann von vorn!

Es stellte sich letztendlich eine erneute Lungenentzündung heraus. Erneut bekam Uwe Antibiotika. In dieser langen Zeit – inklusive der Zeit seines Klinikaufenthaltes vorher – wechselte ich regelmäßig für ihn die Wäsche, wusch und bügelte sie.

Unseren Osterurlaub hatten wir bereits ab dem 31. März geplant. Durch die Komplikationen bei Uwe vermuteten wir, gar nicht wegfahren zu können. Meine Nerven lagen blank, und mein Sohn wünschte sich ein paar Tage außerhalb der gewohnten Umgebung und ohne den Stress, der mich und uns Tag für Tag belastete.

Aufgrund dessen, dass Uwe nun wieder stationär aufgenommen worden war, wurde unsere Hoffnung, zumindest die letzte Woche in den Osterferien wegfahren zu können, wieder zerstört. Nach Absprache mit den Ärzten und Hinterlegung meiner Handynummer wurde mir diese Woche dann aber tunlichst empfohlen.

Am Sonntag, den 8. April fuhr ich früh morgens mit meinem Sohn in Urlaub. Nach drei Stunden waren wir schon am Elbtunnel und nach insgesamt viereinhalb Stunden wieder dort, wo Paps sich immer so wohlgefühlt hatte. Eine Woche ausspannen. Ein schönes Gefühl nach all dem Stress. Aber die Ungewissheit, wie es wohl meinem Bruder ging, ließ mich nicht zur Ruhe kommen. Und wieder sollte mich mein Gefühl nicht täuschen.

Am Donnerstag, den 12. April erreichte mich über Handy der Anruf, dass Uwe die Nahrung verweigere. Ich wurde telefonisch um Zustimmung gebeten, dass er eine PEG bekam, über die er künstlich ernährt würde. Es sollte ein kurzfristiger Eingriff erfolgen, bei dem die Zuleitung durch die Bauchdecke in den Magen gelegt werden sollte. Für die Ärzte wahrscheinlich ein kleiner Eingriff unter kurzer Narkose. Für mich war es der Horror. Uwe war nicht mehr bei uns, keiner verstand ihn, niemand wusste, was er wollte! Aber ich konnte doch nicht immer und jeden Tag an seinem Bett sitzen! Ja, ich konnte ihn verstehen, ich wusste, was er wollte! Nun musste ich hilflos zusehen, wie er auf sich allein gestellt außerhalb der gewohnten familiären Umgebung zurechtkommen musste.

Am 20. April wurde er aus dem Krankenhaus wieder zurück in die Reha verlegt. Sein Zimmer hatte er wenigstens dort behalten.

Ende April fanden die zentralen Prüfungen im Gymnasium meines Sohnes statt. Es wurde in Deutsch, Mathematik und Englisch geprüft. Daniel bestand in allen Fächern mit einer 2.

Da Uwe in einer Behinder-
tenwerkstatt beschäftigt war,
musste ich mich auch um die
Arbeitsunfähigkeitsbeschei-
nigungen in seinem Namen
kümmern. Die Anträge der
Reha-Klinik an die zustän-
dige Krankenkasse zwecks
Verlängerung gingen eben-
falls nicht an mir vorbei.

Zwischenzeitlich musste
ich mich obendrein um den
Reifenwechsel für unser Auto
kümmern. Die Winterreifen
waren schon zu lange drauf.
Arbeit, Haushalt, Schrift-
kram, Gräber der Eltern versorgen, Termine, Auto, Kind,
Uwe – zu wenig Zeit!

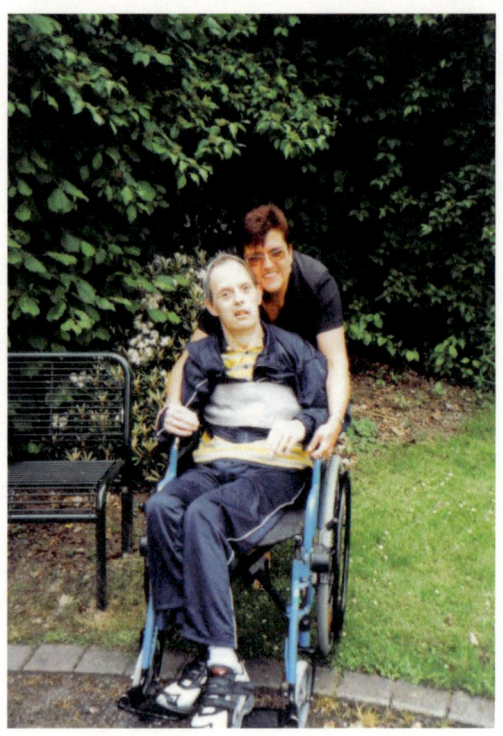

Am 8. Juni wurde mein Bruder nach zehn Wochen und einem Tag endlich
aus der Reha entlassen. Er sollte nach meinen Angaben direkt in das Heim
gefahren werden. Doch wie der Teufel es wollte, spielte mal wieder alles
gegen uns. Mein Sohn befand sich in der Schule, ich auf der Arbeit. Dort
erreichte mich dann der Anruf. Dagmara informierte mich, dass Uwe vor
unserer Haustür im Krankentransportwagen stehen und der Fahrer keinen
antreffen würde. Da sie alles von uns wusste, mich teilweise auch mit meinen Sorgen seelisch und auch tatkräftig im Haushalt unterstützte, hatte sie
mich angerufen, und ich nannte dem Fahrer über ihr Handy die Adresse
des Heimes, obwohl ich vorher alles präzise in der Reha-Klinik angegeben
hatte.

Aber wie hätte mein Vater nun wieder gesagt: „Hunderttausend Mann auf
dem Fußballplatz, wer bekommt den Ball an den Kopf? ICH!!"

Dies mag sich im ersten Moment alles etwas locker anhören, nur für mich war es wieder ein Schock!

An diesem Tag fuhr ich mittags direkt nach der Arbeit zu Uwe. Es war ja für ihn wieder eine andere Umgebung und fremde Menschen. Aufgrund der vielen ärztlichen Verordnungen, die Uwe schon vor der Entlassung aus der Reha dort bekommen und die ich alle frühzeitig bei der zuständigen Krankenkasse eingereicht hatte, stand sein Pflegebett zumindest schon in seinem für ihn hergerichteten Zimmer. Der spezielle Pflegerollstuhl musste noch auf seine Bedürfnisse, Größe und Gewicht, ausgerichtet werden. Das Schlimme aber war, dass er in dieser Zeit nicht aus dem Bett kam und somit schon Ansätze zu Dekubitus gebildet hatte. So kümmerte ich mich darum, dass er zumindest einen Ersatzrollstuhl bekam. Eine Dekubitusmatratze war zwar von der Reha-Klinik verordnet worden, aber ihm wurde lediglich eine Weichlagerungsmatratze geliefert. Wieder schaltete ich mich ein. Eine erneute Verordnung wurde eingereicht und nun bekam er die dringend notwendige Wechseldruckmatratze.

Da ich auf Bitten des Heimes auch einen Antrag bei Gericht gestellt hatte, dass die Bettgitter hoch sein und Uwe in dem Rollstuhl gesichert werden müsste, um sich nicht weitere Schädigungen zuzuziehen, erschienen gleich zwei Herren vom Gericht und begutachteten ihn, um festzustellen, ob dieses wirklich notwendig war. Uwe lag zu diesem Zeitpunkt in einer Schiefstellung und die Gitter waren am Kopfende ein minimales Stück erhöht. Diese Tatsache störte einen der Herren, und er meinte, dass ich dafür, da ich dieses – ohne Zustimmung des Gerichtes – gesehen und akzeptiert habe, bereits Ärger bekommen könne.

Muss man sich als ehrenamtliche Betreuerin, die sich so um den eigenen Bruder kümmert und sorgt, so behandeln lassen? Welcher amtlich bestellte Betreuer kümmert sich so wie ich um seinen Schützling?

Da ich selbst im öffentlichen Dienst beschäftigt bin, habe ich dahingehend schon sehr viele negative Erfahrungen gesammelt. Anfragen werden nicht beantwortet. Es wird sich um die zu betreuende Person überhaupt nicht gekümmert, aber das dicke Geld kassiert!

Am 2. Juli 2007 habe ich einen neuen Arbeitsplatz bekommen, da meine ehemalige Abteilung aufgelöst wurde. Nun bin ich schon achtundzwanzig Jahre bei einer Firma beschäftigt, aber immer wieder gibt es einen Neuanfang. Wieder viel zu lernen. Wieder neue Kollegen. Aber auch das werde ich noch schaffen.

Manchmal frage ich mich, woher ich nur diese Kraft nehme.

In dieser neuen Abteilung hatte bereits mein Sohn im September 2006 sein 14-tägiges Praktikum absolviert. Er war dort sehr fleißig, wäre gern noch länger geblieben und bekam ein superschönes Zeugnis.

*Ich möchte mich an dieser Stelle ganz herzlich bei meinen Arbeitskollegen der alten Abteilung und meinen Vorgesetzten unserer Krankenkasse für das Verständnis bedanken, das sie mir stets – in all der Zeit mit meinem Sohn, meinen Eltern und jetzt mit meinem Bruder – entgegengebracht haben. Obwohl die Arbeit mir immer sehr wichtig war, befand ich mich doch so manches Mal in einem so genannten Ausnahmezustand. Die Anspannung war zu groß! Vieles habe ich mir aber auch nicht anmerken lassen.*

*Aber wenn Gabi sehr still war, dann hatte sie wieder Probleme!*

*Das merkten meine Kollegen sofort. Und das gibt es nicht in jeder Abteilung!*

Bei einem meiner zahlreichen Besuche im Heim fehlte plötzlich Uwes Bein-schiene, die er noch in der Reha bekommen hatte. Da er durch seine operierte rechte Hüfte so mit diesem Bein lag, dass er schmerzfrei liegen konnte, war sein Bein stets angewinkelt. Diese Schiene wurde für ihn angefertigt, damit er das Bein in gerader Haltung beließ. Dadurch sollte auch bewirkt werden, dass er irgendwann mal wieder auf seinen Beinen stehen könnte. Als er aus der Reha ins Heim verlegt wurde, hatte Uwe aber eine riesige Blase an der rechten Ferse, die erst abheilen musste. Da ich mit diesem Sanitätshaus in Verbindung stand, rief mich der Herr M. an und unterrichtete mich darüber, dass er die Schiene abgeholt und an der Ferse besser ausgepolstert habe. Er hatte dem Pflegepersonal noch zweimal das Anlegen der Schiene erklärt und sie dann wieder im Heim gelassen. Sollten noch Komplikationen auftreten, dürfe ich ihn jederzeit wieder anrufen. Über diesen Anruf habe ich mich sehr gefreut.

Zwischenzeitlich hatte Uwe bereits wieder einige epileptische Anfälle im Heim bekommen. Die Medikation, die ihm in der Reha verabreicht wurde, ist durch das Konsultieren einer anderen Neurologin erhöht worden, und er hat jetzt schon seit vierzehn Tagen keinen Anfall mehr bekommen. Ich bete und hoffe, dass es so bleibt und er sich gut in diesem Heim einlebt, das nur behinderte Menschen beherbergt und pflegt. Dass er nicht mehr so oft aus Heimweh weint, wenn wir uns nach unseren Besuchen wieder von ihm verabschieden. Dass er durch entsprechende Krankengymnastik die Kontrakthuren an seinen Beinen, die er sich durch das lange Liegen zugezogen hat, wieder verliert und wieder laufen lernt. Dass er sein Lächeln wieder lächelt, das die Ärztin *Frau Dr. H.* in der Reha-Klinik auch so mochte.

All seine Pflegehilfsmittel hat Uwe nun – dank der schnellen Bearbeitung der für ihn zuständigen Sachbearbeiter ***Frau E., Frau Ue. und Herrn A.*** – in unserer Krankenkasse bekommen. Die ärztliche Versorgung ist nun – *infolge des schnellen Handelns und des Einsatzes **des Pflegepersonals im Heim*** – gesichert.

Ich muss noch erwähnen, dass Uwe vorher nie gravierend krank war. Mit etwa zwölf Jahren bekam er den Blinddarm raus, ab und zu eine Erkältung, aber sonst nichts.

Noch bekommt er Zusatznahrung über die Magensonde, aber da er schon wieder das Essen gelernt und auch zugenommen hat, wird er wohl bald darauf verzichten können. Er ist durch die langen Klinik- und Reha-Aufenthalte inkontinent geworden. Aber vielleicht wird sich das auch wieder normalisieren.

Mein Sohn und ich kümmern uns weiterhin um Uwe, auch wenn er jetzt woanders wohnt. Wir bringen ihm alles, was er braucht. Eine kleine Lampe, ein Radio und vieles mehr. Er liebt Multivitaminsaft, den wir ihm mitbringen und wovon er dann gleich eine ganze Tüte trinkt. Der Fernseher steht auch schon für ihn bei uns zuhause bereit. Nur bei Epileptikern bedarf es der Zustimmung der behandelnden Neurologin.

Aus diesem Sommerurlaub brachten wir ihm sein eigenes aus Ton gebranntes Türschild mit. Es zeigt einen Leuchtturm, die schöne Landschaft hier im Land zwischen den Meeren und trägt die Aufschrift: „Hier wohnt Uwe B." Dieses Schild haben Erika und Herbert für ihn auf meine Bitte hin in Eckernförde auf dem Fischmarkt, der nur jeden ersten Sonntag im Monat dort stattfindet, besorgt und ihm geschenkt.

Mit Hans T. waren wir in diesem Urlaub essen und haben gemeinsam eine sehr schöne Kutschfahrt unternommen. Außerdem haben wir seinen Sohn

Sven und seine zukünftige Schwiegertochter kennen gelernt, die bald ein Baby bekommen werden. Es wird wohl ein kleines Mädchen.

Sie heirateten am 14. September, und obwohl wir uns nur einmal gesehen haben, waren sie mir sofort sympathisch und ich habe ihnen per Post zu diesem Anlass ein paar liebe Zeilen zukommen lassen.

Heute werde ich noch darauf angesprochen, warum ich so viele Leute an unserem langjährigen Urlaubsort kennen würde. Dann erzähle ich Papas Geschichte und wie wir überhaupt wieder hierhergefunden haben.

Durch unsere regelmäßigen Besuche wird Uwe über die Trennung von uns hinwegkommen. Aber im Grunde ist es ja keine direkte Trennung, denn irgendwie bleibt er immer bei uns und wir bei ihm. Er hat schließlich nur noch uns und wir werden uns immer um ihn kümmern. Sollte sich sein Allgemeinzustand wieder verbessert und stabilisiert haben, werden wir ihn auch mal zu Besuch nachhause holen, in seine gewohnte Umgebung und zu uns.

Am 23. Juli wäre mein Vater 68 Jahre alt geworden. Für mich und meinen Sohn war es wieder ein sehr schwerer Tag, vor allem, weil wir uns ja wieder in Schleswig-Holstein aufhielten, wo er sich immer so wohlgefühlt hat. Am 15. August wäre meine Mutter 72 Jahre alt geworden. Beide sind viel zu früh gestorben, und das Schlimmste ist, dass keiner aus der Familie an die Gräber gegangen ist. Das haben meine Eltern nicht verdient!

Daniel und ich übernehmen dies und wir brauchen niemandem zu danken. Hiermit meine ich all jene, die von Paps und auch von uns besucht wurden und jetzt noch nicht einmal den Weg an die letzte Ruhestätte eines doch so – früher scheinbar – geliebten Menschen finden, obwohl es Möglichkeiten genug gäbe, ohne dass ich sie abholen müsste.

Am 24. August erlitt Uwe wieder einen sehr schweren epileptischen Anfall, bei dem er sogar aufhörte zu atmen! Es geschah während der Krankengymnastik. Alles wird von ihm verweigert, da er ja nicht weiß, dass es ihm nur helfen soll. Er wollte nicht mitarbeiten, und trotz lieber Zurede der Krankengymnastin steigerte sich seine innere Abwehr und er bekam diesen Anfall. Sofort wurden

Reanimationsmaßnahmen unternommen und der Notarzt gerufen. Ich bekam Kenntnis von diesem Vorfall während meiner Arbeitszeit und fuhr sofort hin. Als ich eintraf, schlief er, obwohl er zwischenzeitlich gewaschen und mit neuen Inkontinenzartikeln versorgt wurde. Ich bestand auf einer erneuten ärztlichen Kontrolle durch die behandelnde Neurologin, auf ständigen Blutdruckkontrollen und auf regelmäßig stattfindenden EKGs, da Uwe zu diesem Zeitpunkt einen Blutdruck von 75 zu 39 hatte. Als der Notarzt Uwe verließ, war sein Blutdruck auf 84 zu 44 gesunken. Viel zu niedrig! Die Neurologin ordnete jetzt vier statt seiner bisherigen drei Tabletten gegen die Anfälle an.

Er hatte schon 8,5 Kilo seit der Heimaufnahme zugenommen. Jetzt wog er bei einer Größe von 1,60 Meter bereits wieder 50 Kilo. Vor allem im Gesicht sah er mittlerweile besser aus. Seine regelmäßig eingenommenen Mahlzeiten und den Nachtisch aß er wieder mit Verlangen.

Vier Wochen nach unserem Urlaub hatten mein Sohn und ich wieder Zeit, zu Karl und Elke zu fahren, und brachten den beiden viel Schönes aus unserem geliebten Norden mit. Karl ist nun auch schon 75 Jahre alt. Ich hänge so an ihm, da er mich mit seiner liebevollen Art immer an meinen Paps erinnert. Auch bei Elke, seiner Frau, sind wir immer herzlich willkommen.

Elkes Vater war auch wieder da. Es war ein schöner Sonntagnachmittag. Wir haben viel geredet und das Wichtigste ist, dass ich mich dort immer von allen verstanden fühle. Und das tut so gut!

Zwischenzeitlich war nun auch der MDK bei Uwe zur Begutachtung. Der Bescheid liegt mir nun vor. Er wurde in die Pflegestufe II eingestuft. An dem Tag, als ich das Gutachten in Händen hielt, war der Termin zur Kontrolle der Notwendigkeit der Fixierung und der Überprüfung der bestehenden Betreuung für Uwe anberaumt. Da ich die Betreuerin bin, unterbrach ich meine Arbeitszeit am 5. September und erschien zu diesem Termin, obwohl mein Erscheinen nicht zwingend notwendig war. Der Richter höchstpersönlich kam. Als er Uwe im Rollstuhl festgeschnallt sitzen sah, schüttelte er nur mit dem Kopf. Ich erlaubte ihm auch Einsicht in das neue Pflegegutachten. Nach einem – jetzt einmal menschlichen – Gespräch meinte er, dass er die Betreuung auf sieben

Jahre verlängern würde, da bisher alles vorbildlich gelaufen sei. Die Fixierung verlängerte er auf weitere zwei Jahre, weil es zu Uwes eigenem Schutz wäre. Er äußerte sich dahingehend, dass doch die beste Betreuung gewährleistet sei, wenn die eigene Schwester, die ihren Bruder von klein auf kenne, dieses Amt weiterführe. Er wusste auch, dass mein Vater vorher diese Aufgabe übernommen hatte.

Endlich – nach all den Schwierigkeiten – wurde meine ganze Arbeit akzeptiert und anerkannt!

Am gleichen Tag bekam ich eine SMS von Dagmara, dass ihr Arbeitsvertrag um etwa ein Jahr verlängert worden sei. Darüber konnten wir uns auch noch freuen! Außerdem erreichte mich noch ein Anruf von Käthi, die eine Kernspin-Untersuchung hinter sich gebracht hatte. Ihre Wirbelsäule war zwar sehr in Mitleidenschaft gezogen worden, aber die schönste Nachricht für sie musste sie mir sofort mitteilen: Sie hatte sich vor elf Jahren einer schweren Krebsoperation unterziehen müssen und jetzt die freudige Mitteilung bekommen, dass sich keine weiteren Metastasen gebildet hätten. Darüber war sie so glücklich, wie ein Mensch nur sein kann, der am Leben hängt und auch weiterhin die Entwicklung des Enkelkindes Isabell verfolgen möchte.

Wie freute ich mich! Einen so schönen positiven Tag, wann hatte ich den in der letzten Zeit erlebt?

Aber auch eine negative Nachricht durfte nicht fehlen: Als ich abends mit Gitti sprach, erzählte ich ihr alles, und sie meinte, dass sie mich bewundern würde, denn die Nerven hätte sie nicht, das alles mit Uwe zu bewältigen. Dann fing sie an zu weinen und meinte, dass Sissy am Ende der Woche eingeschläfert werden müsse. Sie hatten dieses kleine Wesen wie ein eigenes Kind geliebt und verwöhnt. Sissy litt an einer sehr seltenen Hautkrankheit. Aber Hunde können nichts sagen, man sieht es nur an den traurigen Augen und an dem ständigen Schlafen, dass Schmerzen sie quälen. Gitti möchte sie nach Absprache des behandelnden Tierarztes von ihren Leiden erlösen. Für Gitti und Wolfgang würde es ein sehr schmerzhafter Abschied werden. Für uns auch!

Freitag, den 7. September kam Gitti zu uns, ohne Sissy. Sie fehlte einfach. Immer hatte ich ihr in der Vergangenheit „Tischlein deck dich" bereitet. Eine Schüssel mit Wasser und etwas zum Knabbern hingestellt. Unser Kühlschrank hatte sie immer fasziniert, denn da war ja stets ein Stückchen Fleischwurst für unsere Prinzessin drin. Nachdem sie dann die Leckerchen verspeist hatte, wälzte sie sich immer auf den Läufern und bekundete damit, dass es ihr geschmeckt habe und dass sie sich wohlfühle. Nun war sie im Himmel bei Gittis und meinen Eltern und bei unserem Micki.

Am 8. September wollten wir ins Heim fahren. Als das Telefon schellte, war ich gerade am Auto, um für Uwes 49. Geburtstag die Geschenke und einen Stapel Pullover zu verstauen, die ich alle noch hier zuhause und mit seinem Namen versehen hatte. Mein Sohn nahm dieses Telefonat an. Es war Papas Schwester, die sich nur zu Geburtstagen meldete. Sie wollte mich sprechen. Da ich nicht da war, verlangte sie Uwe. Wie sich hinterher herausstellte, wusste sie bereits von seinem Unfall und dass er im Heim war. Was sollte also dieses Spiel?

Sie meinte zu Daniel, dass wir uns doch einmal treffen und über alles, was vorgefallen sei, reden könnten, es eventuell vergessen könnten, aber ... ich müsste sie ja dann abholen. Weder Schwiegersohn noch Tochter oder Enkel könnten sie ja fahren. Dann würden sie auch die Gräber besuchen. Taxiunternehmen hatte mein Vater für sie gespielt! Ich nicht, da mir die Zeit dazu fehlt. Hinzu kommt noch, dass es eine Nachbarstadt von unserem Wohnort ist!

Als wir im Heim ankamen, saß Uwe in seinem Rollstuhl neben vielen anderen behinderten Menschen und erfreute sich seines Lebens. Nur die vielen Geschenke nahm er geistig nicht mehr so wahr. Nach Kaffee und Kuchen und einem schönen gesungenen Geburtstagslied hielt er es aber nicht mehr im Sitzen aus, und er wurde von zwei Pflegekräften ins Bett gebracht, wo er nur noch schlafen wollte.

Genau an diesem Tag bekam ich die gerichtlichen Bescheide mit der Post zugesandt. Wird es jetzt seitens des Gerichts etwas ruhiger?

Ja, ich schreibe jetzt. Aber trotz allem bin ich jederzeit für meinen Sohn und meinen Bruder da. Nicht nur für sie, denn meine Ersatztochter Dagmara kommt so gern zu uns und fühlt sich hier wohl. Immer wieder stehe ich ihr mit

Rat und Tat zur Seite. Meine „Kinder" stehen an erster Stelle, dann kommt mein Haushalt, dann sämtliche Termine und Verpflichtungen. Und nebenbei gehe ich noch meiner Arbeit nach.

Und wieder sage ich: „Wenn mich keiner versteht, mein Sohn tut es!!" Er kennt mich in- und auswendig! Wir sind ein Team, denn jeder ist immer für den anderen da! Und so kennen uns die, die uns mögen und lieb haben! Wo findet man das heute noch? Ich bin stolz darauf! Stolz auf meinen Sohn und stolz auf uns, dass wir das alles gemeinsam so geschafft haben.

Neulich waren wir seit Langem ganz unbeschwert shoppen. Daniel wünschte sich eine Lederjacke. Er bekam sie von mir, dazu zwei neue Hosen, Sweatshirts, Unterwäsche, Socken und neue Schuhe. Nun war er erst einmal neu ausgestattet und freute sich auf die zweite Hälfte seines 11. Schuljahres auf dem Gymnasium. Heute – toi, toi, toi! – hat er keine Schwierigkeiten mehr mit seinen Mitschülern. Natürlich schwärmt er von einem Mädchen in seiner Klasse. Und er erzählt mir alles. Gemeinsam mit ihm tüftele ich dann einen Plan aus, um dieses Mädel zum Geburtstag zu überraschen. Dieses Vertrauen darf nie zerstört werden!

Auch ich vertraue ihm meine Gedanken an und er denkt im Gegenteil zu mir immer positiv.

Wenn er Klausuren in der Schule geschrieben hatte und euphorisch nachhause kam, habe ich ihn immer gebremst und gesagt: „Denk jetzt negativ, und wenn es positiv ausgefallen ist, kannst du dich freuen!" Er kommt mit dieser alten Weisheit heute sehr gut zurecht. Was seine Zensuren in der Schule betrifft, hat er immer wieder Grund zur Freude! Wie macht er das? So viel um uns herum und er schafft alles? Wie?

Und wie gelingt mir das alles? Immer noch nur ein Drittel des gesetzlich vorgeschriebenen Regelunterhaltes. Die Ansprüche eines 16-Jährigen werden anspruchsvoller! Ich glaube heute nicht, dass mich mein Sohn irgendwann enttäuschen, dass er auf die falsche Bahn gerät oder von seinen von ihm selber vorgenommenen Wegen abkommen wird. Er möchte das Abitur machen, danach studieren und später ins Bank- oder Computerwesen einsteigen.

Heintje hat früher schon gesungen: „Ich bau dir ein Schloss!"

Daniel geht seinen Zielen nach, und solange ich das kann und da bin, kann er bei mir wohnen. Es dauert nicht mehr lange, dann hat er seine Traumfrau für sich gefunden und wird auch ausziehen. Ich weiß das!

Ich glaube, jeder neue Tag wird eine neue Herausforderung für mich sein. Aber es macht mich auch stark. Stark, mich gegenüber früheren Anschuldigungen zur Wehr zu setzen und den Kampf gegen die Behörden für Daniel, Uwe und mich zu gewinnen! Das sollte einmal jemand versuchen, der sich seit Jahren nicht mehr seinem Arbeitgeber gegenüber und vor allem dieser großen Verantwortung stellen muss!!

Mein Zwischenzeugnis für die Tätigkeit in meiner ehemaligen Abteilung halte ich nun auch in Händen. Darauf bin ich stolz! So eine Beurteilung baut mich auf, obwohl ich nicht mehr so recht an Gerechtigkeit glauben kann. Auch in meiner neuen Abteilung fühle ich mich mittlerweile sehr wohl. Meine Vorgesetzten kennen mich als aktive, strebsame und leistungsstarke Mitarbeiterin, meine neuen Kollegen und Kolleginnen haben mich nun kennen gelernt, akzeptieren mich, und ich habe mich auch schon sehr gut eingefunden. Ich habe in den zehn Wochen, in denen ich wegen Urlaub drei Wochen fehlte, sehr viel geschafft! Sollten das Glück und die Zufriedenheit, die Ruhe und die langersehnte Ausgeglichenheit mich ab jetzt wirklich auf meinen Wegen begleiten?

Am 14. September kam der lang erwartete Brief des Kostenträgers für Uwes Heimunterbringung. Es kam tatsächlich der Rückforderungsbescheid. Ich füllte sofort den Überweisungsträger für unsere Bank aus und fühlte mich mit einem Mal von einer schweren Last befreit. Schöner kann ein Start ins Wochenende doch nicht sein, oder?

War das wirklich jetzt der letzte Bescheid? Ich kann es gar nicht glauben! Die endgültige Kostenübernahmeerklärung ist nun erfolgt. Habe ich jetzt alles geschafft? Mein Sohn erlebte mich in diesem Moment ganz anders, gelöster, freier und unbelasteter!

Zwei Tage später besuchte ich mit Gitti, Dagmara und Daniel Uwe im Heim. Ihm ging es etwas besser. Er war gut gelaunt und lachte viel. Danach fuhren wir zum Friedhof in Wattenscheid und statteten dem Grab von Gittis Eltern einen Besuch ab.

Nun endlich werde ich den Haufen Papier, der sich rund um Uwe mit der Zeit angesammelt hat, ordnen und in die jeweiligen Ordner abheften. Bestimmt werden aus den drei dicken Ordnern jetzt vier! Fängt jetzt meine ruhige Zeit an? Ordnet sich nun mein eigenes Leben? Darf ich ab sofort meinen Tag selber planen? Kommen keine Postberge mehr?

Am 26. Oktober erreichte uns um 20.15 Uhr der Anruf, dass Uwe nach einem wiederholten Anfall erneut in die Klinik musste! Wieder stationär, wieder fing alles von vorne an! Postwendend fuhren wir hin! Der untersuchende Arzt meinte sofort, dass er medikamentös nicht richtig eingestellt sei! Was mich auf der neurologischen Station dieses Krankenhauses umgehend faszinierte, war die Tatsache, dass er von dem Pflegepersonal sofort geduzt und ihm alles gesagt wurde, was man mit ihm anstellte.

Endlich, nach all den vielen verschiedenen Kliniken, wusste man, wie man mit einem solchen „Jungen" umgehen musste! Ich merkte auch sofort, dass er sich angesprochen und dementsprechend wohlfühlte! Um ihn nicht zu gefährden, verlangte ich noch ein Bettgitter, das er sofort bekam!

Die Schwestern gingen alle liebevoll mit ihm um. Sie riefen ihrerseits im Heim an und erkundigten sich, wie sie Uwe zu pflegen, anzufassen und zu behandeln hatten.

Sollte Uwe jetzt noch einmal ins Krankenhaus müssen, was wir nicht hoffen, habe ich schon verfügt, dass er in diese Klinik kommt! Denn dort weiß ich, dass es ihm gut geht!

Am 30. Oktober hat Käthi ihre Tochter Birgit verloren! Sie betreute sie noch die letzten Tage bei sich zuhause, bevor sie sie in die Klinik bringen musste. Sie hatte Krebs und wurde nur 45 Jahre alt. Sie hinterließ einen Sohn, ihren Ehemann, ihre Mutter und noch zwei Geschwister nebst Familien.

Warum immer zu dieser Jahreszeit?

# Das Leben ist so hart!

<u>Anfang November</u> bekam ich einen Brief, in dem mir von der Schwester meiner verstorbenen Mutter mitgeteilt wurde, dass meine Oma bereits im August dieses Jahres verstorben sei. Das tat mir sehr weh! Sie hatte mich früher behütet und beschützt! Aber wenn man sich so wie meine Tante nur an eine Aussage hält, danach handelt, sich in all unserer schweren Zeit auch nicht um uns gekümmert oder sich nach uns erkundigt hat ...

Edelgard hatte mich umsorgt, mich lieb gehabt, als ich Kind war. Warum das jetzt? Hatte sie mich nicht schon früh kennen gelernt? Hatte sie nicht gesehen, dass ich mein Herz am richtigen Fleck habe?

Eine Aussage meiner Mutter veränderte plötzlich alles. **Sie müssen mit ihrer Schuld leben!** Meine Mutter war nicht schuldlos! Sie hat Paps einfach nicht mehr geliebt! Hat sie ihn je geliebt? Welches Geheimnis verbirgt sich hinter meiner Familie? Ist mein Bruder mein Bruder? Wer sagt mir mal irgendwann die Wahrheit? Aber vielleicht will ich es heute gar nicht mehr wissen! Oder doch, nur um zu wissen, warum meine Mutter sich so zurückgezogen hat? Oder um zu erfahren, warum sich mein Vater all die Jahre so gequält hat? Ja, er wollte leben, das weiß jeder!

Einem geistig behinderten Menschen ein selbst genähtes Stofftier zu schenken, was ihm den verstorbenen Hund ersetzen sollte, das war schon etwas Unüberlegtes! Diese Kinder neigen nämlich dazu, sich mit diesen Kreaturen aus Stoff mehr zu unterhalten als mit den Menschen in der direkten Umgebung! Die Schwierigkeiten hatten dann wir!

Leider fehlte mir selber die Zeit, mich um Omi zu kümmern. Aber Menschen, die man im Herzen trägt, sind nicht tot. Sie sind immer bei uns!

Vielleicht wollte man mich mit diesem Brief treffen, aber das ist nicht gelungen! Dazu habe ich genug durchgemacht!

Hat jemand nach Uwe gefragt? Hat sich jemand erkundigt, wie es ihm geht? Das Leben ist ein Kampf!

Aber ich denke, dass ich – solange ich gesund bleibe – weiterhin so kämpfen werde. Doch nur für meine Lieben und für mich! Denn wenn man das erleben muss, was ich durchmachen musste, denkt man nur noch an sich und an diejenigen, die einem **wirklich** etwas bedeuten.

Es gibt so viele Menschen, denen es genauso geht. Sie kümmern und sorgen sich um andere. Wird deren Arbeit anerkannt, akzeptiert und toleriert? Diese Arbeit ist einfach nicht zu bezahlen! Geht man an denen auch so vorbei und sagt: „Das ist deren Sache, damit habe ich ja nichts zu tun!" Werden diese Leute obendrein noch verurteilt? Ja, wie man sieht!

Warum gibt es so viele Menschen, die gleichgültig sind? Gleichgültig gegenüber ihrer Umwelt, gleichgültig gegenüber dem Nachbarn? Keiner denkt in den Momenten darüber nach, dass es ihnen auch mal so ergehen könnte.

Egoisten gibt es so viele! Warum?

„Ach, besser ich halte mich da raus, dann lebe ich sorgenfrei!" Mich macht so eine Denkweise fassungslos und traurig!

*Schmerzen muss man erst fühlen, dann weiß man, wie es anderen geht!*

*Tränen muss man erst weinen, dann weiß man, dass sie salzig schmecken!*

*Das Alleingelassenwerden muss man erst selbst erleben, dann weiß man, was das bedeutet!*

Aber ich habe gelernt, dass es immer eine Gerechtigkeit gibt! „Kleine Sünden bestraft der liebe Gott sofort, größere dauern etwas länger!"

Ich wünsche keinem etwas Böses, obwohl ich so viel Erschütterndes erfahren musste. Ich möchte jetzt aber nur seitens derer in Ruhe gelassen werden!

Kann es sein, dass ich dann mein Lächeln wieder lächeln kann, was ich in all den Jahren verlernt habe? Auf der anderen Seite habe ich gelächelt, um alles zu überspielen! Jeder Mensch lacht gern, aber unter diesen beschriebenen Umständen wird man in eine Situation und in ein Verhalten manövriert, aus der bzw. dem man nicht mehr so schnell herauskommt.

Es tut dann einfach nur weh! Ich werde wieder lächeln, das weiß ich! Für mich und meinen Sohn! Aber dann sollen mir erst mal andere das nachmachen, was ich geschafft habe!

Ja, ICH habe es geschafft. Nun beweist EUCH! Ihr, ja IHR müsst das erst mal schaffen, was ich geschafft habe, dann dürft IHR mich verurteilen!

Sollte Uwe etwas passieren, werden Daniel und ich ihn auf seinem letzten Weg begleiten, so wie wir auch zu Lebzeiten an seiner Seite waren. Keiner von denen, die sich nicht um ihn gekümmert haben, wird diesen Weg mit ihm gehen! <u>Dafür werde ich sorgen!</u>

Auch zu diesem Weihnachtsfest habe ich wieder Päckchen und Weihnachtswünsche verschickt. Natürlich nur an jene, die noch zu uns stehen. Zwischenzeitlich kam dann noch ein Anruf von Papas Schwester. Elke hatte ihr angeboten, sie einmal abzuholen. Dann könnten wir zu den Gräbern und auch Uwe im Heim besuchen! Zu den Gräbern? Mein Vater hat im kommenden März seinen dritten Todestag. Zu Uwe? Zu dem „Idioten"? Warum jetzt? Warum nach allem, was passiert ist und was gesagt wurde?

Aber wegen eines grippalen Infektes wurde alles wieder abgesagt! Mir soll es nur recht sein! Mein Sohn und ich kümmern uns um Uwe!

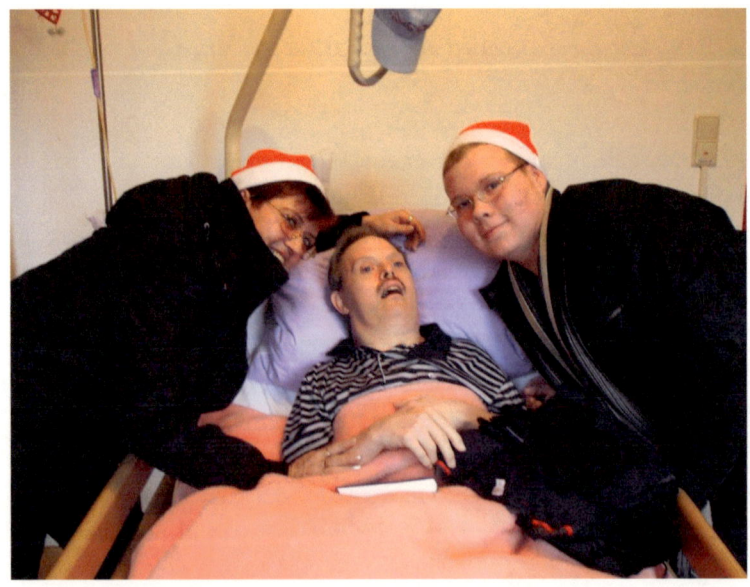

Ja, mit zwei Weihnachtsmützen und einem riesigen Geschenkpaket bewaffnet, waren wir bei ihm! Er hat nur noch uns! Mit Freude in den Augen wollte er unsere Hände nicht mehr loslassen!! Es geht ihm gut und so soll es bleiben! Mittlerweile wiegt er 62 Kilo, sodass die Sondennahrung bereits reduziert wurde. Auch ein epileptischer Anfall ist gottlob seit seinem letzten Krankenhausaufenthalt im Oktober ausgeblieben. Wir sind froh und glücklich!

*Jetzt,* nachdem wir alles allein schaffen mussten und geschafft haben und nachdem wir etwas zur Ruhe gekommen sind, *brauchen wir keinen mehr!*
Wir wissen, wer uns geholfen hat und wer uns beigestanden hat!
*Mittlerweile schreiben wir das Jahr 2008.* Wir sind gut in ein hoffentlich besseres Jahr gerutscht.
Daniel hat am 18. Januar sein Zwischenzeugnis der Jahrgangsstufe 11 des Gymnasiums ausgehändigt bekommen und alle unsere Lieben freuen sich mit uns darüber! Ein Notendurchschnitt von 1,5! Die Kopfnoten, die es nun mittlerweile auch gibt, zeigen zwei Einsen und vier Zweien!
Außerdem hat er bereits mit seinem Führerschein angefangen und möchte selbstverständlich im Sommerurlaub auch mal auf dem Fahrersitz sitzen! Wir üben gemeinsam seine Fragebögen und er geht regelmäßig zum Theorieunterricht. Sobald die Papiere vom Straßenverkehrsamt zurück sind, kann er mit den Fahrstunden anfangen.

Uwe geht es gut! Mittlerweile spricht er auch wieder unsere Namen aus, wenn wir ihn besuchen. Es ist dann jedes Mal ein Highlight für uns! Das Schönste ist immer, dass er sich so sehr freut, uns zu sehen! Er lacht, strahlt über das ganze Gesicht und hält uns nur fest!
Wir schreiben heute den 27. Januar, und ich habe im Heim angerufen, ob Uwe im Rollstuhl sitzt. Leider bekomme ich die Antwort, dass bei ihm wieder der Virus MRSA ausgebrochen sei, den er sich in seinen Krankenhausaufenthalten zugezogen habe. Er bekommt Antibiotika und liegt isoliert in seinem Zimmer!
Da ich gebeten wurde, ihm die Haare zu schneiden, wollte ich deshalb heute zu ihm fahren, sein Strahlen auf seinem Gesicht genießen, ihn wieder fein

machen ... Jetzt diese Nachricht? Seit Freitag ist es bekannt, warum hat man mich nicht früher informiert?

Natürlich sind auch weiterhin Anträge und Formalitäten für Uwe zu erledigen, aber es ist nicht mehr so viel, wie es einmal war! Aber die begründete Sorge um Uwe hört nicht auf!

Meine neue Arbeit macht mir sehr viel Spaß, dass ich mit Freude zur Arbeit gehe! Es gibt sehr viel zu tun und so viel zu lernen, aber so war es immer, und schon wieder habe ich es, glaube ich, geschafft! Die Beurteilung liegt bei meinen Vorgesetzten.

Ja, wir haben uns viel vorgenommen für dieses neue Jahr. Und so wie es zurzeit aussieht, werden wir alles durchsetzen können!

Vielleicht wäre jetzt „ein <u>positives</u> Denken" angebrachter!

**Dagmara** meistert ihren Job mit Erfolg. Sie ist in ihrer Arbeit sehr angesehen und hofft auf einen Festvertrag, den sie meiner Ansicht nach mehr als verdient hätte! Ich drück ihr auf jeden Fall die Daumen.

**Thomas** ist jetzt leider arbeitslos. Irgendwie hat er verpasst, sich rechtzeitig nach dem Wehrdienst bei seinem bisherigen Arbeitgeber zu melden. Gleichgültigkeit in unserer jetzigen Zeit ist fehl am Platz! Aber das Leben lehrt!

**Gitti und Wolfgang** haben den Tod ihrer kleinen „Sissy" einigermaßen überwunden. Jetzt haben sie einer herrenlosen Katze ein neues Zuhause gegeben.

**Käthi** war beim Friseur und hat sich umstylen lassen. Na ja, okay, sie muss sich selber erst dran gewöhnen. Aber das wird schon! Ich finde es schön, denn es ist ein Schritt nach vorn! Nach dem Tod ihres Mannes hat sie nicht gewagt, sich zu verändern. Weiterhin passt sie immer noch auf ihre Enkeltochter auf, wenn beide Elternteile arbeiten müssen.

**Anni und Rudi** haben wohl gerade wieder mit Hochwasser zu kämpfen. Sie leben im Harz an der Leine. Zu dieser Jahreszeit und mit diesen derzeitigen Regenfällen ist damit immer zu rechnen.

**Gabi und Wolfgang** erfreuen sich an ihrem Enkelkind.

**Geli** haben wir gerade gestern wieder an der „Strippe" gehabt. In dem Moment, als ich sie anrief, hatte sie bei Bekannten über uns gesprochen.

**Ilse** aus Großkönigsförde feierte am 17. Januar 2008 ihren 70. Geburtstag! Wir haben ihr per Glückwunschkarte gratuliert! Sie erzählte uns später am Telefon, dass sie einen superschönen Geburtstag verlebt habe und ihre Tochter gesagt hätte, sie solle uns doch auch einladen! Wir wären gern dabei gewesen, aber die lange Anreise, und dann für eine so kurze Zeit. Wenn wir wieder da sind, wo Paps sich so wohlgefühlt hat, werden wir alles nachholen!

**Erika** haben wir auch wieder angerufen. Ihr und ihrem Mann geht es gut! Na ja, die Knie und die Schulter machen Erika noch Schwierigkeiten, aber sie ist ein Stehaufmännchen! Sie ist eine echte Mama, Großmama und Uroma! Sie ist einfach immer und ständig für alle da!

Mein Sohn wird im März siebzehn Jahre jung. Er ist jetzt in der Oberstufe mit der Aussicht, das Abitur zu machen, und nimmt an dem Projekt „Schüler helfen Schülern" teil. Bleibt dafür länger in der Schule und hilft anderen Schülern niedriger Schulklassen des Gymnasiums bei den Hausaufgaben. Außerdem geht er eine Stunde nach seinem Schulunterricht noch in die Nachbarschaft, um Nachhilfe zu geben. Dies alles wurde ihm auch in seinem Zeugnis bekundet.

Sehr oft haben wir auch Mitschüler bei uns zuhause, die Daniels Hilfe, Unterstützung und ein paar Übungsstunden mit ihm vor einer wichtigen Klausur brauchen.

Er ist so wissensbegierig, willensstark und vernünftig.

Ich werde ihn in allem unterstützen, so wie er mir auch in meinen schwersten Zeiten beigestanden hat.

Jeder bewundert das Verhältnis zwischen uns beiden. Ich würde mich freuen, wenn es auch in Zukunft so bleibt. Aber dahingehend hege ich keine Zweifel.

*Seine Großeltern wären stolz auf ihn, so wie ich es bin!*

*Diese Geschichte beruht auf Tatsachen, und viele, die mich in meinem Leben auf meinem Weg begleitet haben, sind heute noch an meiner Seite.*

An erster Stelle natürlich **mein Sohn**, der mir immer beistand, mich aufheiterte, der immer an meiner Seite war und in meinem Leben die größte Rolle spielt – und auf den ich so stolz bin, wie es eine Mutter nur sein kann!

Dann **Karl-Heinz und Elke**, die häufig anriefen und fragten, wie es uns geht. Sie luden uns sehr oft zu sich ein. Karl-Heinz, Vaters älterer Bruder, kam auch sehr oft im Urlaub nach, da er ja auch in Schleswig-Holstein seine Kindheit verbracht hat.

**Anni**, die immer meinte: „Mädchen, wenn du nicht mehr kannst, komm zu uns! Hier hast du dich immer wohlgefühlt. Wir verwöhnen dich und hier kannst du doch so schön schlafen!" Ja, wir fuhren hin, zu Anni und Rudi. Sie sind beide schon über siebzig Jahre alt, aber so etwas von Wärme, die wir dort erfahren haben und noch werden, das gibt es nirgendwo!

**Brigitte**, meine langjährige Freundin, die mir immer riet, Uwe doch abzugeben, da meine Gesundheit auf der Strecke bliebe. Ich habe ihren Rat erst jetzt befolgt, da ich diesen Schritt vorher nicht zu gehen vermochte. Sie konnte nie Daniels Patentante werden, da sie katholisch war, aber sie ist seine einzige wirkliche Patentante!

**Wolfgang**, ihr Mann, war auch immer da, wenn wir Hilfe brauchten.

Auch **Sissy**, das kleine liebe Hundemädchen der beiden, das sie vor elf Jahren aus dem Tierheim zu sich nachhause holten, werde ich nie vergessen!

**Dagmara**, mein Mädchen, half mir im Haushalt und unterstützte mich auch, wenn ich zu kaputt war. Aber das beruhte bei uns und ihrer Familie auf Gegenseitigkeit. Wenn ich keinen zum Zuhören hatte, war mein Mädchen immer da!

**Käthi**, die auch ihren Mann verloren hat und die ich jederzeit anrufen konnte, wenn ich jemanden zum Reden brauchte. Aber das beruht immer noch auf Gegenseitigkeit.

**Maik**, Käthis Sohn, der uns beim Ausräumen der Wohnung nach Paps Tod tatkräftig mit seinen Freunden zur Seite stand.

**Geli** und **Stefan**, die immer noch ab und zu anrufen, die an unserem und wir an ihrem Leben teilnehmen, denn beiderseits haben und hatten wir große Sorgen zu bewältigen!

**Einige Nachbarn**, die sich immer liebevoll nach Uwe erkundigen, weil sie doch die Abschiede meiner Eltern miterlebt und auch dann meinen Bruder irgendwann vermisst haben. Die Uwe zwischenzeitlich auch im Heim besucht haben, was unsere Familie nicht schafft!

**Gabi** und ihr Mann **Wolfgang**. Trotz Auflösung unserer Abteilung und des jetzt getrennten Arbeitsplatzes besteht immer noch Kontakt. Auf alle Fragen meinerseits bekomme ich von ihr immer noch eine Antwort.

**Astrid**, für die ich nur „Möp-Möp" war, ist nun in einer anderen Zweigstelle in einer anderen Stadt tätig. Sie stand mir immer mit Rat und Tat zur Seite.

**Alle Lieben aus Großkönigsförde**, wie Erika und Herbert, Kirsten und Udo, Ilse, Hans und viele mehr.

Mit den Kindern Guido, Simon, Nico, Lukas und Steffen spielt Daniel immer noch gern Fußball und Computerspiele an unserem Urlaubsort. Der kleine Justin ist uns auch sehr ans Herz gewachsen. Er hat uns sogar mit seinen dreieinhalb Jahren das Haus geschenkt, in dem wir immer wohnen. Ja, wir waren wieder hier, denn hier ist die Erholung gesichert.

Wir beide fühlen uns mittlerweile hier zuhause mitsamt Familienanschluss. Warum sollten wir woanders hinfahren?

*All diesen von mir erwähnten Freunden und Verwandten möchte ich an dieser Stelle von Herzen für alles danken!*

Jetzt bin ich bald 48 Jahre alt, aber mein Leben ist noch nicht zu Ende.

**Vielleicht** habe ich alles erreicht, was ich wollte.
**Vielleicht** habe ich mehr gemacht, als ich sollte.
**Vielleicht** fängt mein Leben jetzt erst richtig an.
**Vielleicht** habe ich jetzt Zeit, mich neu zu verlieben.
**Vielleicht** mag mich heute noch ein Mann, der es ehrlich mit mir und meinem Sohn meint.
**Vielleicht** akzeptiert dieser dann auch meinen Bruder Uwe.
**Vielleicht** ziehe ich mit meinen „Kindern" auch nach Schleswig-Holstein.
**Vielleicht** würde ich damit meinem Sohn einen großen Wunsch erfüllen.
**Vielleicht** stehe ich anderen Menschen noch weiter bei und helfe.
**Vielleicht** bin ich eines Tages auch nicht mehr da, dann weiß ich aber, dass ich meine mir auferlegten Aufgaben erledigt habe.
**Vielleicht** habe ich dann wirklich einen Stern am Himmel, der meinen Namen trägt. Diesen Stern hat mir mein Sohn geschenkt. (Nach seinem Telefonwunsch wurde das Lied am 27. Juli für mich im NDR 1 Welle Nord gespielt!)
**Vielleicht** begleitet uns Paps wirklich immer bei unseren Reisen und beschützt uns, denn wir fahren immer früh morgens um 4.00 Uhr los, und wenn dann mein Sohn Sterne am Himmel sieht, die besonders hell

leuchten, sagt er immer: „Da guck, Opi ist wieder bei uns!" – „Und da ist Omi!"

**Vielleicht** war ich dazu bestimmt, diese Aufgaben zu übernehmen.

**Vielleicht** steht wirklich mal auf meinem Grabstein: „Sie war immer für alle da!"

**Vielleicht** sehen bestimmte Menschen mich jetzt auch mit anderen Augen.

**Vielleicht** haben sie in manchen Momenten aus Gleichgültigkeit versäumt, sich zu melden.

**Vielleicht** werden sie auch mal so alleingelassen und wünschen sich dann, dass jemand da ist, der ihnen hilft und Verständnis zeigt.

**Vielleicht** schauen sie dann nicht nur vor meine Wohnungstür, sondern versuchen, reinzukommen.

**Vielleicht** ist es jetzt zu spät dazu.

**Vielleicht** habe ich durch mein ganzes Leben gelernt, dass man sich auf gewisse Menschen, um die man sich vorher gekümmert hat, in Notlagen nicht verlassen kann.

**Vielleicht** bin ich durch alles sehr hart geworden.

**Vielleicht** gibt es auch noch eine Fortsetzung dieser Erzählung.

**Vielleicht** sollte ich ab jetzt wirklich auch an mich denken …!!!!

**Vielleicht** habe ich mit diesem Buch damit angefangen.

**Vielleicht** – **oder ganz bestimmt** – werde ich weiterschreiben …

**Vielleicht** hat mir so mancher das auch nicht zugetraut!

*In Gedenken an meinen Vater ist dieses Buch entstanden.*

Er hatte sich immer von mir gewünscht, dass ich die Geschichte meines
Lebens schreibe.
Leider fehlte mir vorher die Zeit dazu.
Nun habe ich seinen Wunsch erfüllt.
Ich möchte ihm damit für alles danken, was er mir in meinem Leben gege-
ben hat.

Danke, Paps!
Danke auch Dir, Mutsch!

Denn ohne Euch wäre ich nicht auf dieser Welt!

Dieses Foto entstand in unserem letzten gemeinsamen Urlaub mit Paps im
Herbst 2004.